翔安本土作家作品选

中共厦门市翔安区委宣传部
厦门市翔安区文学艺术联合会   编

编委会

主　编：曾东生　林奕田
编　委：蔡阿在　王才能　许文跃

◎蔡伟璇 著

荷语

厦门大学出版社
国家一级出版社
全国百佳图书出版单位

总 序

　　翔安历史文化悠久，人文荟萃，文学艺术源远流长。宋代著名理学家朱熹"紫阳过化"，在翔安这片土地上留下诸多印迹，让翔安享有"海滨邹鲁之乡，声名文物之邦"的美誉。区内现有拍胸舞、宋江阵、车鼓阵、南音等丰富的非物质文化遗产；区内的吕塘戏校闻名遐迩；自20世纪50年代以来，农民画取得很大进步，2011年，翔安区凭借农民画项目被国家文化部评为"中国民间文化艺术之乡"。

　　2003年10月19日翔安区正式成立后，这个厦门市最年轻的行政区，生机勃勃，几年来，在经济取得重大发展的同时，翔安区委区政府非常重视文艺事业的发展，成立了区文学艺术联合会，注重引导文化品牌创新，成立了闽南童谣基地，完善了许厝文化村和金柄民俗表演基地，扩大了宋江阵、拍胸舞、新圩女合唱团的文化影响，培育壮大了文化市场。

　　翔安这块土地曾走出现代"红诗人"鲁黎，现在则活跃着一群省市作协会员，他们能写小说，会写诗歌，善写散文，分别在我区各部门从事不同的工作，不但是各自岗位的中坚力量，有的还担任区的领导职务。他们有一个共同特点：在出色地完成本职工作之余，在业余时间、节假日，能够静下心来，把工作中、生活中的经历和积淀，提炼升华为优秀的篇章。多年

来笔耕不辍，硕果累累。

近日，这几位作者拿来他们的书稿，邀请我为之作序，我欣然同意。这些书稿的结集出版，不仅是他们几位的幸事，也是翔安文学艺术领域的幸事。我在公务之余，抽空阅读了这些书稿，发现这些书稿文笔洗练，文风朴实，或叙述故乡的往事，或叙述生活的故事，或漫谈翔安区的发展建设，无不洋溢着人情味、自然味、生活味，无不展示出他们生活中的风景美、风俗美、风情美。读后自然牵动内心的情感和阅读的快感，让人不禁沉浸在那些文字所传达出来的美好情景里，不禁勾起对往事的回忆，勾起对平凡而又充满情趣的生活的向往和对我区发展建设的憧憬。

翔安的山水和文脉哺育着一代代翔安作家、艺术家的成长。几位作者正是在这片土地上成长起来的"文学创作之花"。愿他们今后笔耕不辍，写出更多更好的优秀作品。也祝愿翔安的文学艺术新人不断涌现，茁壮成长。

2012年夏于厦门翔安

（序者为中共厦门市翔安区委常委、宣传部部长，文联主席）

目录

001　总序/曾东生

散文

003　那开满刺桐花的地方
009　那些年，我们一起走过
017　孝感街
030　一溪梨
040　相约不寂寞
043　陪伴
046　这书结婚
050　诗意的
053　错时的好
056　归来
059　思绪如风，飘过奔跑的脑袋
061　小区里的狗
064　那大智若愚的胚
067　我家的动物植物
071　为画，而不画

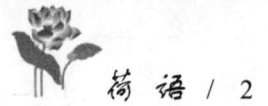

- 076 春来种南瓜
- 079 林家包子
- 085 五花十里香
- 089 林洋与白小凤的木麻黄
- 095 我的福丫
- 104 三个钟点工
- 110 一段种菜的童话
- 113 一双鞋的热情
- 116 上帝垂青仁爱街
- 123 荷语
- 126 夹竹桃
- 128 雨
- 130 心殇美人蕉
- 132 像做脸部护理那样爱惜自己
- 134 水仙漳州

小 说

- 141 李文华的业余爱好
- 146 那个爱看杂志的女孩
- 152 天涯同路人
- 155 后来
- 173 办公室的美女们

193　你会回来吗
207　股王的一天
226　阳台

241　蔡伟璇印象记

散文

婚文

那开满刺桐花的地方

  在还没有电话,厦门和泉州也还没有高速路动车的时候,去泉州,要大费周折地倒几趟车,甚至要很辛苦无奈地,在烈日或寒风中,提了大包小袋,不断从一辆又旧又破的车,被"卖"到另一辆更旧更破的车。尽管这样,节假日去泉州,去那个刺桐花开的地方,找一个叫Joan的女孩,在她的孝感巷住上一天一夜,仍然是我最想望的事!这个平凡纯正真诚的女孩,她与我曾经在一个班,一个宿舍3年。这无数次的来来往往,去去回回,足以写下一本《双城记》。

  Joan的家未翻修之前,泥土的矮墙里,围着一棵茂盛的树,它在夏、秋两季,开乳白粉黄饱满芳香的鸡蛋花,花期很长。每次我去泉州找她,当我走进孝感巷,当我转过弯来,远远看到,一丛丛油碧深绿的枝叶,托着簇簇乳白粉黄饱满的鸡蛋花,活泼泼地伸展到泥墙之外,在明灿灿的阳光下粉白油碧地闪闪烁烁。只要一眼看到那晃眼悦心的鸡蛋花,我的心便要欢喜地狂跳起来

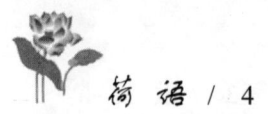

——Joan的家,到了!一路的风尘劳累,也在瞬间随之烟消云散。

来泉州找Joan的日子,大清早起来,两个诗意的小女生,总要一人捧一本亦舒或三毛,坐在花下阅读。那时,离当作家的理想自然还很远。忽然一阵清风袭来,绿叶起舞,鸟鸣声起,鸡蛋花的花瓣纷纷落在我们的书上,一声声,一瓣瓣,都烙在我们的心上,每一下,都让我们的心弦发出一个追随美好理想的颤音。读书一阵,我们起身打扫落到墙外路上的鸡蛋花,怕路人踩上滑倒。接着,又搬了木梯子来,我在底下两手微抖紧张地扶,Joan拿了长竹帚,轻捷地爬上梯子,姿态娴熟,长袖善舞一般地扫下落在屋瓦上的鸡蛋花——怕太多的落花,腐烂在屋瓦上。这些清芬的往事,是那么打动两颗如花绽放的心,以至,多年后,使在滚滚红尘中为三斗米而折腰的两个俗世里的女人,始终保持着对美好事物清醒的感知和灵敏的触觉。

春天夜里,满城穿梭,夜半归来,两人的足音,无所畏惧地回荡在孝感巷深夜的空寂里。深邃的夜空繁星满天,两张比星子更激情明亮的青春四溢的脸,在朦胧昏黄的路灯下,边余兴未尽地恣意地吮吸打开元寺门口经过时,从妇人篮子里买下的两把啁啁螺,边咕咕呱呱,开心说笑。Joan如数家珍,激情满怀地对我讲起隐藏在这条老巷子里的人物典故。大概是我们的唧唧喳喳,惊醒了沉睡在岁月厚重的尘埃下的灵魂,琵琶女阿粉、五香花生、孝感动天……栩栩如生地,纷纷来到我的眼前。我心潮起伏地走在些微坎坷的石头路面上，忽而欲哭，忽而又想笑。毫无料到，两个青春女孩的叽叽喳喳，聒聒噪噪，竟然在后来岁月流逝的过程中，酿成美酒，藏进心的坛子里，又在更往后的时光里不断发酵醇厚。之后，不知不觉，陆陆续续，进入我的文字，并以我的书页为舞台，鲜鲜活活地演绎起他们早已湮没在时光那头的故事，感动我自己，感动Joan，感动读者。

在泉州，Joan的好友，都一一成了我的好友。她们来厦门时，也都会记着来看望我。跟着Joan一趟又一趟地穿过刺桐花树下，去找寻她的好友们，是一桩很愉快的事。再一起穿过刺桐花树下，去Joan好友家的路上，细雨霏霏中，红艳艳的刺桐花，花瓣随着微风片片掉落在我们的黑发上，红烛一般点燃了我们两张刚刚褪去无敌青春的脸。Joan望着头上的灼灼红花，忽然激动地说："我们一起去修完本科吧！""你是说咱们再做三年同学？"我有些惊讶地问道。"是！"Joan说着，漾起一脸明媚的笑容。"好！"我望着头上的那些灿烂的花儿，动情地应诺。刺桐花下的这个简单的对话，让我们三年之后，一起欣喜地拿到一张英语本科文凭。这个刺桐花下的画面，就这样搁在了我们共同的回忆里，时常在子夜和黎明，爬上我们心头，发出芳草一样的清芬。

而那个烈日炎炎的上午，我们走累了，一同坐在开元寺的菩提树下，阳光透过菩提树疏朗淡绿轻盈的枝叶，斑斑点点地洒落下来，我对面的Joan身上，因此好似停着许多淡灰轻灵的蝴蝶一般，并随着她身体的微动呼之欲飞一样。我睃了Joan一眼，笑笑

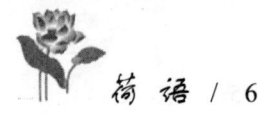

说:"真是'一花一世界'。""一树一菩提。"Joan默契地接口笑说。两人说着说着,不知怎么就绕到各自感情上的事了。青春和着汗珠,在我们迷惘的脸上迷惘地闪动。然望着眼前这个心思纯正得几乎透明的,可以无拘无束地谈论内心隐秘的女孩,我的心忽又通透明澈起来。借助着彼此的通透明澈,我们互启心智,选定目标,约好了一般双双告别纯情女孩时代,走入婚姻的殿堂。

厦门和泉州有了程控电话之后,我和Joan,虽然分别在厦门和泉州,却可以极便利地随时想说就说。生活的其他方面一分一分节省,这个电话费却是不愿太省。风雨寒夜,我躲在被窝,给Joan打电话,琐琐碎碎地诉说人生的烦难和挣扎。末尾,感觉着从电话线那头传递过来的温度,还是知足地告诉Joan:"不过,人生的温暖还是有的,比如,躲在风吹不到雨淋不着的被窝里,给你打电话!"年复一年,人生路上纵然历尽艰辛,却也能够及时调整心态,平和安然地过下来。这条电话线,功不可没哩。

厦门和泉州通了动车,动车呼隆一声,把我们之间最初千难万难的几个小时的路程,缩成半个多小时的车程。我和Joan近了,无形地大幅度地靠近了。并且连接着两人的,是如此干净、明亮、舒适的动车车箱!怎不叫人欢欣!

Joan也在这个时候,搬进了湖景房。

我在失意、遭受挫折、心灵几近崩溃等不如意的时候,会不顾一切跳上动车,直奔泉州。

第二天的清晨，Joan必是搬了小桌子，放在看得到湖景的阳台，让我独自泡茶，远眺湖景，平抑心绪。她总是在搬好桌子，温婉地朝我笑笑后，转身急急地去给我烤面包煎鸡蛋——那是我多年习惯的早餐。

午饭，Joan必定请我泉州的小吃。她深知我从青春少女时代起，就拿美食来疗伤。侯阿婆肉粽的肥而不腻、曾氏面线糊的清淡绵长、老字号元宵圆的柔软绵甜……吃得忘记一切人生不快，直把泉州当了自己故乡！有一次，忍不住戏谑地责怪Joan："年轻的时候，也不帮忙找个人，嫁到泉州来算了。这么多的美食，什么时候想吃，就有得吃！"说的是美食，其实，还是人。美食，哪里没有呢？一个知道彼此成长历程，能够无所顾忌地倾诉，甚至敢于对她撩起外衣，露出伤口的人，可到哪里再去找寻？

尽管Joan已住上湖景房，可是，每回来泉州，我都一再地要她带我回孝感巷。走在一年一年老旧的孝感巷，心，总是一点一点回复到多年前那颗年轻的心。当有一天，看到我曾经居住过的老城区的小长巷子，各种大型的机器齐聚在巷口，发出轰隆隆的闷响，正在等待一声令下，出重拳，把巷子夷为平地。我在烈日下，一头汗水地隔着很多人的肩，踮起脚尖，探着身体，朝里张望。我惊骇地看到阳光下，推土机巨大的铁铲，在阳光下闪过一道无比坚硬无比锐利的光。我赶忙从包里抓出手机，抖抖地接通在泉州的Joan。Joan和缓地深情地说，孝感巷，它有来历，承载着一身的典故，记录着满腹的遗闻轶事，又极近泉州千年古寺

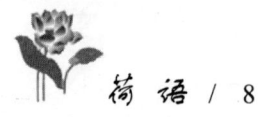

——开元寺,政府有规定,民房不得随意翻建,更不能任意拆迁。幸好,幸好,幸好啊!我惊魂未定地想,老屋、泥墙、鸡蛋花以及鸡蛋花下的两个女孩的芬芳的梦,都将与孝感巷永存!收起手机,我两眼蓄满的热泪,劫后余生般地哗啦啦全掉下来,心在胸腔里久久怦怦跳动,不能平静!

泉州,泉州,这个开满刺桐花的地方,因为有Joan,在我的眼中,也像张爱玲心中的诸暨城那样,如含着一颗明珠在放光。而我,一个与文字共生的女子,觉得自己的文字,也应该让它与刺桐花一起绚烂绽放。所以,时常,把写好的文字,放飞上鲤城的报刊,觉得那是最适宜盛放自己文字的地方。

那些年，我们一起走过

一生的缠绕

我上高一年的时候，每天看她顶着一头简单烫过的短发，踩着一双中年妇女脚下最普通的布鞋，乐呵呵地走过我们的教室。素朴的装束，再加上平凡的相貌，使她浑身上下没有任何亮点。这使她行走在我们那所很洋气的学校里，凡常得没有人会想起。而在那个极度缺乏英语老师的年代，她还是极少数英语科班毕业的老师。我那时看她的目光，也是平淡的。因为她还只是我隔壁班的英语老师兼班主任，与我没有什么关系。听说她英语教得很好，她班上的英语成绩在年段稳居第一，对于这些，我也不在意，因为我的英语不太好，我也不太喜欢英语。

我们年段文理分科的时候，是她班上少数要读理科的学生出来，其他班少数要读文科的进到她班上。我要读文科，我就这样，毫无预兆地，成了她班上的一员。

突然处身于一个英语高手如林的班级，心中除了恐慌，就是

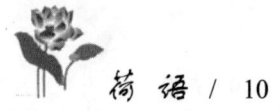

自卑了。她居然好像不太在乎我的英语成绩,相反地,她更关注我的语文学习。而语文,是我那时候最喜欢、各科当中成绩最好的科目。她常常到语文老师办公桌上,翻看我的作文本。有一次,我还听到她给其他同学背诵我的作文里面,一小段没有打动语文老师,却打动了她的句子。那时候,她对我的语文学习的关注,甚至超过我们少有激情的语文老师。上英语课时,她并不像其他老师那样,冷不丁地,让我站起来回答英语问题,让我这个英语成绩不怎么样的人,下不来台。那时高中的英语课文,有好些是由英美文学名著改写的,她从我的周记中知道,我平素喜欢看一些中文版的英美文学名著,因此,在上这些课文时,她会提问我,让我把相关的背景知识,讲给同学们听。在如文学大师那般滔滔的讲解中,我的恐慌褪去,快乐和自信逐渐回来。而我的英语成绩,也没有费什么力,奇迹般地,就跟上来了。那些点点滴滴,就像我走过学生生涯的林荫大道时,落在我身上的斑驳的阳光,十分美丽。

她为什么能够那样耐心和宽容?当时我没有去想。即使后来我踏上了与她相同的职业轨道,也遍寻不到答案。

上大学填报志愿的时候,我父亲一再地对我说:"女孩子读英语好!"本来一心要读中文系的我,很是犹豫。"人闲桂花落"、"蒹葭苍苍,白露为霜"这样芬芳的词句,岂是英语那豆芽菜可比的。可是,三天后,我竟鬼使神差地顺应了父亲的要求。现在回想起来,那样的改变,更多的不是来自父亲的劝说,其实,是潜意识里一直认为,做一个像她那样的英语老师,也不错。

后来,就像歌里唱的那样"长大后,我就成了你"。我在中学里,也当了一名英语老师。而她,在不曾谋面的多年之后,每每看到我发在报刊上的文章,必定找来细读,然后把这些报刊一一收集起来。这是在隔了二十年后,我跟了当年的同学去见她,心中正忐忑着不知她还记得我否的时候,她告诉我的。我终于明白,多年前,她放大我的优点,缩小我的缺点,有一半出自她的教育理念和班主任的职责;还有一半,是出自她的本性——与我相当接近的热爱文学的本性。

又过了好几年,我的第二本小说散文集出版了,我想送她一本,可是我早已不记得她家的方位了。我向过去的同学打听,又打电话问她,对她家的位置,仍是一头雾水。我决定打的,去找她的家。几分钟后,出租车把我拉到她家门口,我吃惊地发现,原来,她的家离我新搬的家,只有两站路,走路只需十几分钟。回想起这几十年双方不多见面,却彼此牵连,相互影响,连两个家,都离得这么近,我就有些不可思议地想,是不是两个投缘的人的两颗心,从来就没有分开过太远,以至,两个人的生活,就悄悄地缠绕在一起了。

那个派送欢乐的人

我的高中地理老师,从外貌看,他简直就是漫画里的卡通人

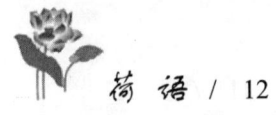

物。慈眉善目,一颗脑袋硕大,还属"聪明的脑袋不长草"那一类。他又近视又远视,所以他的眼镜是架在鼻子尖上的。上他的课时,看着他吊在鼻尖上的眼镜,我总比他还要着急,生怕那眼镜会在他讲得入神的时候,啪嗒掉下来摔个粉碎!可是,那眼镜,始终危险而牢固地搁在他的鼻尖上,从没有摔碎过,几乎成为他脸上的一处景观。碰到有人无心地念上一句"无限风光在险峰"时,我们都会会心地爆笑!他看书本,眼睛朝下,透过眼镜片看;瞧远处,他的眼珠子要努力往上挣扎,目光才能越过眼镜上横梁,望远去。不过他最可爱的时候,是笑起来。他笑起来,眼睛和眉毛一块儿笑,油光铮亮的大大的脸庞上,闪着弥勒佛那样的光辉。

他教我们地理时,五十几岁了,早已熟得无须备教案,也几乎不用翻书本,他随口叫我们翻到第几页,我们一翻,便是。也许因为这样,他能够省下眼力心力,集中心思,把他要讲解的东西,通过声音的高低徐疾,处理得很个性化,很富感染力。比如他讲海南岛,几年后我读孔捷生的《南方的岸》,被这部中篇小说感动得一塌糊涂的时候,心中的海南岛画面,几乎与当年地理老师描述过的重叠在一起。

他说到桂林山水,会用男性准确绮丽的语言,配合着神秘又神往的眼神,娓娓道来,给我们这些从未走出过福建,甚至未走出过厦门的学生,绘制出一幅美妙至极的"山水画卷"。他讲到长江中下游,"鱼米之乡"四字,一字一珠玑地从他口中吐出来时，他的脸上是五谷丰登丰衣足食的，看了就足以引人沉入温柔富贵之乡的沉醉神态。讲到锡林郭勒盟草原，我们的眼前便是风吹动碧草，白云下奔跑着雪白的羊群，背景音乐则是德德玛醇厚辽远的歌声。

祖国的山山水水，在他的描述中，实在太美丽富饶了。他那富有磁性的声音，又使我们不可能对那样的美丽富饶，有任何的怀疑。这样的课，实在太妙不可言太意味无穷。所以，我们上地理课总是上得津津有味，很少有人打瞌睡。逢到有人实在太累，趴着睡觉时，被地理老师瞥见，一旁的人捕捉到地理老师扫过来的眼光，急急要推醒那人，这时，地理老师必定会笑眯眯地做出阻止的手势，止住要叫醒他的同学，然后幽默地说："我们小点声，让他睡一会儿，别吵醒他。"

就这样让他睡上十分钟左右，十分钟过去，如果还没有醒来，地理老师便会在边讲课边走到他身边的时候，用粘满粉笔灰的拇指和食指，揉捏他趴着睡觉，张在桌面上的耳朵上肉乎乎的耳垂，直到把他揉醒为止。当他抬起睡眼惺忪的头，迷迷瞪瞪地前后瞅着时，地理老师会在全班的哄堂大笑中，站立在他旁边，竭力抿着嘴，让心中的笑意，从脸上的几条纹路奔泻出去。那样竭力抿嘴，是仿佛为能给大家带来这样开心的笑声，而感到莫大荣幸和极大成就感的样子。而那睡觉的学生，这时也跟着羞怯地笑了，脸上的笑容是那种备受父母宠爱的孩子，幸福无忌的笑。

那时读地理，并没下什么功夫，只是上课听听，课后凭兴趣

读点，成绩却总是很不错。这些，差不多是我中学时代最愉快的经历。

年少时，我不曾想过，我高中的地理老师，他何以能够每天都以那样愉悦的心境，对待一成不变的课本和课堂；何以能够有取之不竭的慈蔼，每天免费派送给学生们。后来自己也当了老师，总有那么多的喜怒哀乐；总有不能克制自己情绪走进课堂，以恶劣的心境，面对一张张甚至还稚气未脱的脸的时候。这时，就更加感慨了。

将近三十年过去了，算起来，地理老师有八十多岁了，不知他健在否？不知他还像当年那么风趣否？不过，不管世事如何，他都以他五十几岁时风趣可爱的样子，永远定格在我的记忆中。

谁都不易

时隔三十年后的班级同学聚会，我去了，坐在女同学当中，我们的班主任数学老师，坐在一群男同学中间。我不去看他，也不希望他看我，更不希望他认出我来。因为，他在教我们初中数学的时候，我是一只丑小鸭。

我们班那时数学特别好，因为我们数学老师有个杀手锏，那就是，每次数学考试后，从高往低排名，然后让同学一一上台把考卷领取下来。我几乎都是后面那几个去领回试卷的学生之一。因此，从座位到数学老师的讲台桌，那短短的距离，差不多是我人生中，最漫长的路程。

年少的自己，只感到每次数学考试后的恐惧，并不懂得研究如何免去这样的恐惧，也没有人来指导教会我提高数学成绩的技巧，有效地远离这样的恐惧。

后来读高中，数学依然不喜欢，上课也不怎么听，偏偏那位住在我们女生宿舍黎明楼下的数学老师，一对一男一女双胞胎的母亲，这个并不美丽的女教师，她很和善，很耐心，对我们一如对她的一对双胞胎。我有意无意地上数学课，数学成绩却还可以，偶尔还会冒出一两次令人不可置信的好成绩。

我家儿子读初中时，各科成绩平平，看不出天赋和他的兴趣所在。刚上高中时，因为心理上没有及时调适过来，很长一段时间不愿意上学。做家长的我们，本想让他重读一年，可他坚持要快快完成高中学业，早日脱离苦海，不愿重读。后来再去学校时，各科成绩跟上都有大难度，唯独数学，很久没读了，依然能考出令老师惊喜的好成绩。

后来，数学一直是他学业中的一个亮点，这个亮点，成了一颗明星，照亮他"高手如林"的艰难学业之路，激励他披荆斩棘奋力前行，最后顺利地完成高中学业，上了大学。

所以，现在，我回忆起来，我可能不是天生的数学低能儿，甚至相反地，可能还曾经有一点数学天赋的嫩芽儿，只是那嫩芽儿，在还来不及得到雨露阳光前，就在初中数学老师的杀手锏的寒霜中，过早地冻死了。

我后来也在学校当老师。有一年接一个初中毕业班，这个班

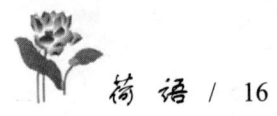

各科成绩在年段都几乎垫底。我采取过多种措施，效果均不佳。我为此，足足有两个月睡不着觉。后来，我想起我初中的数学老师，由于使用那样的杀手锏，我们班的数学成绩在年段遥遥领先。于是，我断然采取了差不多类似于当年数学老师的方法，因为中考后公布成绩，班级成绩排在年段最后的恐惧，已如洪水猛兽般摧毁了我的理智。我这才知道，"疯狂"的制度，有时会把人逼成更疯狂的疯子。

  有一天，看到电视上播出的各种从业人员的亚健康排名，老师的亚健康程度排在所有行业从业人员之首。我不禁唏嘘，难过地想，这都是应试教育的无奈！想起自己当过学生，也当过老师的种种甜酸苦辣，我想，但愿我和我的学生们，以及所有让应试教育直接或间接伤害过的人，都能对老师多一些宽容，多一些谅解。当学生不容易，当老师，又谈何容易？但愿我们的教育制度能够日臻完善，让我们无论是当一个学生，还是当一个教师，都能快乐一些。

  （《一生的缠绕》发表于《华夏散文》2012年第3期、《福建日报·武夷山下》2012年3月23日）

孝感街

　　孝感街蜿蜒盘踞在我们这座城市的中心地段，有上百年了。进入21世纪后，它被周边快速耸立起来的现代化高楼逐渐包围，如蓬勃的参天大树中，一段倒下发乌腐朽的树木，因此，它被纳入拆迁范围，早已是人们意料中的事了。可是，当有一天，当我无意中听到身旁的三两个人，在欢欣和淡漠地议论，孝感街因为要拆迁，电视台的一群人正搬了机器，在把它的旧貌拍下来当文史资料时，还是被突如其来地吓了一大跳。

　　我没命地狂跑回孝感街，心中涌起的强烈的不舍和深深的眷念，让我两眼蓄满泪水。孝感街的拆迁，几乎是要把我和我的过往一刀斩断。因为，从我出生，就和孝感街流着相同的血液；因为，纵然孝感街的旧貌，可以用录像的形式存留下来，但是，流过孝感街的那一个个悠远、温情、传奇、浪漫的故事，岂是一声"拍"，就能拍得下来的？

　　自我懂事起，傅家茯苓糕就一直在孝感街口飘香，几乎成了

孝感街的门牌和街口的标志。我每天打孝感街口走过,总要从傅家茯苓糕店宽宽大大的窗户,张望傅家伯伯。我最爱看傅家伯伯用他那双温厚的手,熟稔地揭开蒸笼盖子,再揭开蒸笼上那层湿热乎乎的白粗布。随着那湿热芳香的云雾飘散开来,那仿佛隐在白云深处的茯苓糕,便雪一般地浮现在眼前。于是,我童年几乎所有的零花钱,便都交到傅家伯伯宽厚的手中,并在他和善的笑容中,接过无数的茯苓糕。

从懵懂的童年进入花季少女的某一天,我从傅家茯苓糕店的招牌下走过,忽然惊觉,"茯苓",竟是这样两个伏在芳"草"下的优美字眼!从那时起,这两个字,便开始日夜在我的心中,散发出芳草那样的清香,还在随后的日子里,使我滋生了对汉字的无比热爱,并提早启发了我对于女性优美气质的敬慕和欣赏。

听说傅家伯伯几年前中风,行动不便了,早已见不到他在孝感街口的茯苓糕店忙碌的身影了。可是,无论我离开孝感街多少年,只要回到孝感街口,看到傅家茯苓糕店多年不变的招牌,看到修缮多次、整旧如旧的傅家茯苓糕店,我的心中,便会涌起对逝去的日子,无比温暖的回忆。

孝感街的中间,是一家首饰店,它做出来的首饰,样式之精巧,全城无人能及。起先在这家店做事的,只有老板和老板娘,他们总让人误以为是夫妻,连长相上,都有神似的夫妻脸,却并非夫妻。关于他们的关系,流传着多种或旖旎或暧昧的版本。可是，多年来，愣是不见他们拆散各自的家庭，只见他们各自的子女蓬蓬勃勃地成长，又见他们两人始终亲密地缠绕在一处，配合默契地经营着这间名闻遐迩的小首饰店。

凤姨儿子结婚时，我曾陪她到这家首饰店，把她祖传的金手镯，打成一条金项链和一枚金戒指。为了不使金手镯在改变形状的过程，暗中丢失重量，我和凤姨睁大眼睛，从早晨监督到下午。我几乎见识了黄金在烈火中淬炼，被精工打磨锤制的全过程。最后，又看到凤姨从他们手中，接过和金手镯等重的，金光灿灿工艺精湛的项链和戒指。这个颇为惊心动魄的过程，让我终于醒悟，只有这样身手不凡的人物，才能以那样不一般的方式，在民风纯正的孝感街立足。

现在，这两人早已隐退。承接这家首饰店的，是他们两家的子女。当日仅一个店面的首饰店，现在向左右各扩了一个店面，成了并排的三个店面，并且装修得流光溢彩，富丽堂皇。里面，不但经营他们自己制作的金银首饰，还卖各种贵重的宝石翡翠。据说，凭着这家店，他们两家都在滨海地段买了别墅，现在别墅的市面价值，都在一千万以上。

与首饰店紧邻的是我家。我家的斜对门，是一座前后两进，中间有宽阔天井的红砖粉墙黑瓦房。这座红砖瓦房那挂着两个粗大铜环的黑漆大门，几乎常年紧闭，我几乎没有看过他家的人进出。连接着红砖瓦房的，是一个很大的后院。后院的围墙很高，一个大人踮起脚跟，也还看不到里面的景色，围墙上面森然立着

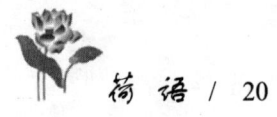

一圈尖利的碎玻璃片。一院子的桂花树，被碎玻璃片，围在里面。

他们的黑漆大门，每隔一阵子，会半开上半天，那是几个穿得很简朴的妇女来打扫卫生的时候。我总是寻着这样的机会，极力从半开的门，往里探望：敞口的大厅里，地上是清洁红润的地砖，正面墙上两边有楹联，中间是松鹤延年图，两旁墙边是古董一般的胡桃木太师椅……有年头的物件，却依旧透着一股鲜润。连着前后两进房子的，是一个天井，天井里种着两大株桂花树，桂花树幽静地站立在早晨从前一进房子的房顶，斜切过来的淡金色的阳光里。天井的地上，便满是桂花树斑驳的影子。桂花芳馥的香气，则缭绕在屋里的古旧物件间，渗透到一屋子幽静的清贵之气里。那接近古董的物件，依然有着鲜润的面孔，一定是浸润了这花的鲜香的缘故。只是从来没有见到这屋子的主人，问长辈们，才知道，他们家的人早已不在本市居住，只是每隔一阵子，有他们族中的人，前来打扫。

农历八月的夜晚，皎洁的月亮把我们孝感街照耀得如同白昼。我踩着清凉的月光，伴着依稀的骰子声，穿过孝感街回家来。突然，桂花浓烈的芳香，随着渐凉的秋天夜里的风，无畏地翻过高高的院墙和院墙上凛然的碎玻璃渣子，一浪一浪地向我袭来。我猛地打了个激灵，内心充满激情，无声追问：曾经住在这样房子里的，是些什么人呢，是些什么幸福的人呢？

我家的偏屋，是石头垒的墙。水泥抹得不见一丝缝的石墙的上端，不知什么时候，向上长出了一株郁郁葱葱的月季花。这株墙头的月季，平时安安静静，默然无声，却在每年八月桂花香浓的时候，应和一般地，哗啦啦开出一批十几朵的粉红月季花。太阳下面，这些花或大或小，盛开、微启或花骨朵，朵朵粉红的花，亮闪闪地，分外鲜润甜美。年年如此，使我们的家人，盼八月中秋，如盼双重的两个节日一般！

嫣是我们孝感街最美丽的女人，也是我见过的最有风情的女人。

嫣的家在孝感街的后半部，每天清晨，她必走过我家门口去孝感街前段她开办的托儿所里做事。嫣是个高个子女人，她从不穿裙装，无论是炎热的夏天，还是爱美的女人仍然无法离开裙子的冬天。她大多时候穿深色的衣裤套装。套装良好的质地和精细的做工，把她修长身材的全部优点都一一凸显出来。每天早上我去学校，常会与她擦肩而过。每次与她擦肩而过时，她那一头披在背上的波浪卷发，便会在风中轻轻扬起，散发出鲜花那样的芬芳。而她的V字领的上衣，在V字中间，常是一枚从脖子上坠下来的翡翠玉佩，或是露出隐藏在衣领间的珍珠项链的一段，把她的肌肤衬得凝脂一样雪白光润，并赋予她过于端庄的衣服样式和颜色特别的风韵，使她超凡得不像行走在寻常巷陌中的人。

八月桂花盛开的清晨，看到嫣穿过浓郁的花香走来，便仿佛有一支轻灵的乐曲，由远处缥缈而来，仙乐般地飘荡在孝感街。那样极致的风情，使嫣成了我和紫苑少女时期的偶像。

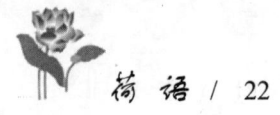

可是，有一天早晨，她从我家门口走过时，我们邻居的一个老婆婆指着她的背影，阴着脸，压低声音告诉另一个老婆婆，说，她老公把她离了，并骂她是"骚女人"。两个老婆婆一叠一声地说得越来越起劲，越来越大声。粗哑的大嗓门，嫣一定听见了。第二天早晨，差不多在同一时间，她又从这两个身形有些佝偻，面目不甚清洁的老婆婆身边经过时，她微微侧身，昂头目视前方，让过她们，然后，身体挺拔，步态优美地走过去。我和紫苑在背后看呆了，她那不屑于理会的气度，我们俩研究了很久，最后得出一致的结论，那就是，书本里说的"高贵"！

每天太阳西斜，黄昏来临之时，从孝感街口响亮地响起的那声"五香花生……"不知馋坏多少大人小孩。"五香花生"是个外乡人，黑瘦，矮小，扁鼻，细眼，瘸腿，声音却异常地嘹亮，每天从街口响起的那第一声洪亮悠长的"五香花生……"响彻大半条街。"五香花生"的花生别说花生本身了，就连那花生衣，其香、酥、薄、脆，就已无人能复制了。

"五香花生"把他的花生，封在一个铁罐子里。这个铁罐子，又套到一只用细篾编得严丝合缝，再上了桐油的竹篮里。逢有人买时，他便揭开铁罐的盖子，用小茶杯子从铁罐子里，打出一小杯，每杯五分钱。他这样一路下去，直抵街尾，一罐子花生便告罄。如果是夏天，这时必是第一颗星星跃然升起在蓝色天幕上的时候。这颗星子细小清淡而又明亮的光，便照着他蹒跚淡出孝感

街,渐行渐远。

多年来,我们孝感街的居民,只吃他的花生。别家的花生,总是兴兴头头地来,与他的花生PK一阵后,就黯然败下,悄然退场。孝感街的居民,虽大多是贩夫走卒引车卖浆之流,然代代生活在延续百年的孝感街,相传下来,却都是见过世面的人,所以,没有真功夫,入不了一街人的法眼!

住在街尽头的瞎子刘婆,绝对算得上是这条卧虎藏龙、极具传奇色彩的老街的"角儿"。

第一次见刘婆,颇有些惊心动魄。我和姑婆,久久才扣开临街的一扇紧闭的、上有铜环的黑漆小门。进入这扇门后,是一条小甬道,过了甬道才是天井。不大的天井里,种着一株一人多高的含笑,蓊郁茂盛的树上,缀满了淡黄的张开、微启和含苞的花朵,整个天井弥漫着奇异的甜润香味。绕过花树,才见厅堂的正门,但见刘婆,端然坐于厅堂正中一张黑漆油光的太师椅上。瘦骨嶙峋的刘婆,白发苍苍,瞪着一双死鱼般的瞎眼,依稀还可以见到精致五官端倪的脸上,骨骼清奇,缭绕着几分仙气。丈着她看不见我,我大胆而又惊惧地凝视着她,心中和眼中的震惊,使我几乎分不清她是人是神。

刘婆的签,一抽一个准。孝感街之所以成为著名的孝感街,有一半是因为刘婆。在我懵懂的童年,曾无数次随家中女性长辈,到刘婆那里抽签。瞎眼的刘婆,只要略略摩挲那竹签,便能出口成章地以各种典故,道中抽签者的心事。我则从斗大字也不曾见

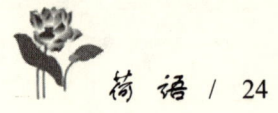

过一个的刘婆那里,早早地记住了"桃园三结义"、"薛仁贵抛绣球"、"吕蒙正进京"、"鲤鱼跃龙门"……这些典故。

　　文盲又瞎眼的刘婆,早已作古多年,但我的这第一任古典文学老师,在不经意之间,把一颗热爱古典文学的种子,早早地播在我的身体里,并随着我的长大,生根、发芽,茂茂盛盛地成长。

　　孝感街还有一个半盲的女人,琵琶女阿粉。她住在孝感街前端"蔡清故居"的一个小披间里。据说,她是孝感街清代易经学者蔡清的后人。

　　阿粉虽然半瞎,却生得面如满月,肤如凝脂。她穿的月白斜襟衫子,也极为清净白洁,分明是大家子出身的人。阿粉靠每天到广场弹琵琶卖艺为生,她弹得最出神入化的曲目,是《黛玉葬花》。月明之夜,她兴致来时,会在她的小院子里弹奏一曲。这时,远近邻居的小孩,便会循声呼朋唤友,蹑手蹑脚,悄悄渐围渐拢来。大家又想走近听得真切些,又怕太近了,在阿粉一曲弹罢,伸出三个细凉的兰花指时,被她摩挲了脸蛋。

　　半瞎的阿粉,每次伸出兰花指来摩挲的脸,必是一张与她本人有几分相似的、圆圆嫩嫩的小男孩的脸。她总是边摩挲,边沉浸在回忆中,露出细白整齐的贝齿,絮絮地,沉醉地独自痴笑着说:"瞧瞧,多像我小坤!"清风徐来,月影随树的枝叶摇曳,这时的阿粉,已是半人半仙,那几乎总是半闭着的眼睛,忽地睁开来,闪着星星那样细碎的光。那被摩挲脸蛋的小孩,心在惊惧和沉醉中，已化作一汪蜜水般的佳酿。那刚才一哄而散的孩子，于是，又渐渐地大着胆子，复又围拢来，窃窃嘻笑，听阿粉呓语般地说："多像我小坤啊！"

小坤，应该是她曾经的，一个心爱的儿子。

阿粉屋子的右边，相传是个池子。池子的右边，住着个书生。书生每日作文，写完字的毛笔，便拿到池子里去洗。因此，池子便被叫做"洗墨池"。如今，原来池子的地方，是聚居着一族人的老屋。这人丁兴旺的老屋，总让人怀疑"洗墨池"那个池子的传说的真实性。但老屋前固执地生长着的一棵古老的柳树，似乎随时无声地证明着这个传说的可靠性。

每年春天来临，我打柳树前经过，看粗实的枝干上，垂下无数挂绿莹莹的翠绿浅碧的柳叶儿，引得鸟儿在树上争相婉转啁啾，就会固执地想，这棵老柳，一定生长在当日的池子边上。不知当年书生在绿柳掩映下，在碧波荡漾的一角濯洗毛笔，是怎样一幅气韵流香的画面？不知是否有姑娘家，被这清俊书生这样书香流溢的举止，迷得不思茶饭？抑或青年书生在洗笔的当儿，在鸟儿的婉转啁啾中，一回头，忽见有个浣衣妙龄少女，两人遂在柳树掩映下，眉目传情，终结秦晋之好？

故事如烟，我和紫苑上了初中后，每天放学，迎着夕阳归来，心中满是为"洗墨池"为我们孝感街带来的那缕连绵不绝的书香，感到由衷的喜悦和自豪。我们真正地为住在孝感街而感到荣

幸!

　　住在这座老屋前屋的是傻卖和俊治两夫妻,他们用临街的屋子开了一家店。傻卖脑袋不行,成天吭哧吭哧地在店里编一些简单的草帽、草鞋卖给乡下人。俊治智商更不行,整天咧着嘴,露着全副牙齿,笑嘻嘻地,出出进进地给傻卖做粗陋的饭食,或打个下手。

　　他们晚间关了店门,出去买东西或者散个步,都是像现在的小年轻那样手牵着手。在那保守的年代,两人牵手出行,是孝感街很特别的一景。

　　这两个傻瓜,一生没有孩子,却格外恩爱,从不吵架打架,是孝感街标准的模范夫妻。孝感街的许多女人,碰上男人不知体贴,常会说的一句话,是:"你瞧人家傻卖,成天埋头做活,对俊治那个好……"这时男人便会不甘示弱地还嘴:"你瞧人家俊治,成天笑嘻嘻的,对傻卖那个好……"这么一说,夫妻俩顿时都无言,虽说不出这对傻夫妻对彼此的好,好在哪里,吵架拌嘴却也至此戛然而止,知道作为健全人的自己,实际上并没有比那对傻瓜更健全。

　　紫苑的家,是一家中医诊所,也在街的尽头。诊所是她的叔公林先开的。林先穿长布衫,着黑布鞋,蓄长长的白胡髯,凑在放大镜上看竖排的医书,专治疑难杂症,医好病患无数。林先的家里,只有他和他的侄孙女紫苑,再就是满屋子装着各种各样中

药的大柜子小抽屉,以及后院常年晒着的各种草药。

说起来,紫苑也不是我们这条街上的人。她是个孤女。七岁被她的堂伯送到她的远房亲戚——叔公林先这里来医治的时候,瘦得只剩皮包着骨头,和头上稀拉的一撮苦毛。只过了一年,她八岁的时候,居然恢复成一个接近正常的女孩,小小的脸蛋上,甚至隐隐地现出一些红晕。我们从小学起就在同一个班级念书,直到初中毕业。初中毕业后,她叔公林先没再叫她继续上学。她叔公让她跟他学医,做他的帮手。

紫苑私下很喜欢上学,只是不敢跟她叔公说。我每天从学校回来,都爱去她家。我跟她说学校里的事时,她细长的眼睛,睁得接近圆形,眼光亮闪闪的。她尤其喜欢我从学校带回来的英语书,她常坐在桌边,不住地摩挲着我的英语书的书皮子。紫苑说她最喜欢读英语,将来出国可以和外国人说话。紫苑这样说的时候,语调很哀伤,细长的眼睛,微微浮肿起来,含了一包的泪。我见之,十分震惊、心酸,又不解,因为,我喜欢的,是紫苑家那满屋满院的中草药啊。只是迫于父母的压力,我不敢不去学校。那一屉一屉的药材,静默地蕴藏着医治疾病的巨大力量。那香味,以及中草药奇奇怪怪的名字,比起学校里的书本,更让我喜爱和神往多了。

紫苑家的大门,一迈进,扑面而来的是中草药的香味。我最喜欢看紫苑帮着林先,一个一个抽屉拉开来替病人称药配药了。

每一个抽屉打开来，都有不同的或浓或淡的香味迎面扑来。那香味不同于一般的花香，那是藤本植物和木本植物最质朴天然的气味，是太阳光留在植物身体里的气味！还有那些中草药的名字，多么有趣，什么葛根、徐长卿、王不留行、白薇、黄芩……哪是草药啊，活脱脱是一群饱读诗书的儒士和环佩叮当的美人！我还为在同学中唯一能读准"川芎"的"芎"字，而感到无比的兴奋和自豪。后来，当我无意中在书中看到，"紫苑"居然也是一味中药，我欢喜得眼中潮湿，激动难耐，恨不得自己，就是紫苑。

我还喜欢跟紫苑到后院去晒草药。病人少的时候，林先也会到后院来，在我们翻晒草药的时候，他挑出一株药材，擎在手上，迎着阳光，细心地教紫苑辨认，耐心地告诉她这草药的功效。林先娓娓道来，像是在讲一个古老的传说。紫苑微皱着眉头，认真听她叔公的教诲。我则耳中听着，眼光飞去抚弄着满院的青草药，深深地嗅着那蒸腾在太阳底下的苦涩的清香。我每次置身于这样的气味中，总能很快忘记所有的烦恼，变得神志清明，内心安定，思路清晰，目光澄澈，仿佛那苦涩的清香，是一剂给身心清热解毒的良药。

紫苑叔公诊所门口，过了不太宽的石板路，就是"四孔井"了。这井里的水，冬暖夏凉，极为甘甜。更奇的是，无论冬天还是夏天，生喝了这井水，从未有人闹过肚子。这井，大大的井面上，覆盖了厚而宽的石板，石板上有对称的四个孔。逢到孝感街停电断水时，全街的人，都朝这里涌过来挑水。四个人同时在四个孔里打水，既快捷又热闹，再加上在一旁洗衣的女人们，说说笑笑，闹闹嚷嚷，一派热火朝天，引得许多家的小孩儿，拉了母亲衣襟，死活缠着，要随母亲过来担水。停电断水的日子，成了孝感街"四孔井"盛况空前的节日！

这就是我们的孝感街，关于它的事，说个三天三夜也说不完。

我时常想，这世上有没有这样幸福的人：美丽如嫣，住在桂花盛开的深宅大院，与许多"著名人物"和"名胜古迹"为邻，每天在紫苑家侍弄草药？我不知道。但我知道有这样一条幸福的老街——孝感街，它是我和紫苑长大的地方！

不过，属于孝感街的所有传奇、掌故、温情，往后都只能在记忆中寻找了，因为，孝感街，它，正面临着被夷为平地！

（本文部分发表于《北京日报》2008年2月4日）

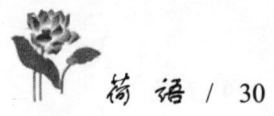

一溪碧水

我弯弯绕绕地走过人车挨挨挤挤的橡木街,扣开一扇临街的门之前,我没有任何心理准备——我的同桌好友晓菱,竟生长在这样的家庭里。

开门者是个老男人,他头发已半白,整个下巴也都冒着星星点点的白胡茬。他用浑浊的眼睛瞟了瞟我,才咧着嘴,露出参差的牙,笑嘻嘻地问:"你找谁?"我小吓了一跳,这老男人,智商应该是有些问题。我朝阴暗拥挤的房子张望了一下,又不相信地回头,再看了下门牌号,不错,是38号,是晓菱给我的地址。

"爸,你去吧,找我的。"在我愣怔间,晓菱忽闪着一双明净的大眼睛,出水芙蓉般的脸庞,如黑暗夜空里升起的明月一般,从屋里阴暗的深处浮现。"快进来。"晓菱快步走到门边,亲热地拉过我的手,把我拉进去。"我的同学。"晓菱像对小孩那样对她爸嘱咐道:"没你的事,你去吧。""呵呵,好,呵呵呵。"晓菱的父亲,嘻着脸,讪讪地走开了。

等我有些惊魂未定的眼睛，适应了晓菱家的昏暗，我又赫然看到，晓菱的母亲，一个苍老的妇女，一脸木然地站在厅堂里的桌边。她翻起松弛起皱的薄眼皮，瞄了我一眼，然后，倒了两半碗凉茶，向我们推过来，然后无声地走开了。我和晓菱端起碗，眼含着笑，看着彼此的眼睛，快速地喝下去。"啊"，一搁下碗，晓菱就说："我正和我姐在溪里洗被子哩，我带你到我们后面的溪里去看看！"

晓菱的家，是我们这里所谓的"竹竿厝"，又长又窄又暗的一长条。我跟着她磕磕绊绊地穿行，像走在一条幽暗弯曲的肠子里一般。我一边走，一边想，如果不是亲眼看到她的家，谁能想像，俊美、开朗、活泼，学习成绩在年段名列前茅的晓菱，会有这样的家和这样的父母。这样的家和父母又是怎么养育出晓菱这样出类拔萃的女孩？令人骇异啊！或者，人，也如植物，需要扎根黝黑的土壤，才肯开出鲜艳的花，结出甜美的果。而这个阴暗的家和愚钝的父母亲，正是那散发着臭气的肥沃的黑泥土。

我就这样一惊一乍地跟着晓菱，来到了堆着许多杂物的后院。晓菱打开后院的门，"哗"，没想到，我们已站在溪边了！灿烂的阳光下，天高溪阔，碧水长流！

我拉起晓菱的手，欢快地走下岸边石阶，向沙滩奔去。

还未及细看，忽听一个甜美的声音，高兴地叫道："快过来，快过来！""我二姐！"晓菱说。我随着晓菱的眼光看过去，不远处，有个身材苗条、皮肤土豆色、长相俊俏的年轻姑娘，在阳

光下熠熠生辉地走过来。和她一同走过来的另一个女子,年纪比她略长些,身材更高挑些。她抿嘴笑着,肤色有些苍白,却很秀美。"我大姐!"晓菱站在我后面笑容可掬地说。

说话间,我们已来到她俩身边。她们正抬着一条拧干的被套,走上沙滩来。"来",晓菱的大姐笑着对我们说:"一人拉住被子的一角。"我们因此每人扯着被子的一个角,把洗得干干净净的潮湿的被子,轻轻地覆在阳光下洁白的沙滩上。晓菱的二姐看着我惊愕的脸色,拍着我的肩,笑着对我说:"下午太阳下山前,你再来看吧。"

我在那天下午太阳下山前,又跑去了晓菱家一趟。我和晓菱一起轻轻地把被子从沙地上揭起来,在绯红的夕阳中,我们两个人一人一边,把被子迎着从溪里吹上来的晚风,扬了扬,被单立马干干净净,除了阳光的香味,不带一颗沙粒,不惹一丝尘埃。"呵呵呵,神奇吧?"不知何时,晓菱的二姐晓茹来了,站在我身边,笑靥如花地说。"难道这是阿拉伯魔毯吗?"这变魔术一般的晒法,让我兴致十分高昂。"不,是徐志摩的诗,挥一挥衣袖,不带走一片云彩!"晓茹咯咯咯地笑成一朵刚盛开的粉红的月季花。

晓菱的大姐在沙滩临水的边沿捡石子,她听见我们的对话,直起身子朝我们这边看了看,有些苍白的脸上,漾起一抹温柔的笑意,又低下头继续挑石头。

我后来再去晓菱家时,晓菱说:"我带你去看我们家的菜园子。""你家的菜园子?"我想起晓菱家临着街道的前门和堆满杂物的后院,吃惊地问:"难道你能徒手开荒?""空中真不能有楼阁?"晓菱灵秀的大眼睛里,闪动着两点狡黠的欢乐的光。

"我们的楼阁,它不在空中,在溪里!"一打开后院的门,晓菱便指着溪中心的一大片绿洲说。

我们忙脱下鞋,放在沙滩上,卷起裤管,涉过清清碧水,走到溪中央的绿洲。

过去,我曾无数次从远处的南桥上,看这片绿洲,我一直以为,这是一片野草丛生的荒芜之地。没想到,晓菱和他们的邻居,在这里开荒种菜,在城中开辟出一片独特的乡村景色。而且,这片绿洲,实际比我以前从南桥上看下去,要大得多。

晓菱的大姐晓芸在菜地里摘空心菜,准备晚饭的时候炒。晓菱的二姐晓茹,穿了双亮闪闪的绿凉鞋,站在碧绿的菜地边,她的嘴角在笑,她的眼角在笑,她的眉梢在笑,她的因精心修剪而显得随意潇洒的半长的头发,随着晚风在飞扬,也像在笑。这些关不住的笑,和那绿莹莹的新凉鞋,使身材苗条的她,看上去更加俊秀飘逸了。"哇,好漂亮的新鞋!什么时候买的?"晓菱一看到她二姐的新鞋,就撒开我的手,过去围着她二姐。晓芸闻声,停下摘菜的手,直起身子,单眼皮的大眼睛扫了下两个妹妹,抿嘴一笑,又低头继续摘菜,并不去和妹妹们嬉闹。晓菱羡慕地不依不饶地又说:"借我明天穿去学校,就一天?"晓茹不答,手

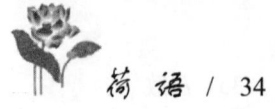

捂着嘴，咕咕地笑着走过来，亲热地拉起我的手，一把把我拉到绿洲亲水的沙地上。

晓茹在沙地上揭开一个盖子，盖子底下，魔术般地出现了个大水缸，我探头往里一看，储着一缸清凛凛的水。"啊，所罗门的宝藏！"我惊喜地叫起来。这水缸埋在沙里，只露出水缸的大口。晓茹从水缸里捞起一个瓢，舀出半瓢水，笑盈盈地说："喝，甜的！"正是初夏，我毫不犹豫地喝下了一口，停了一下，哇，涌上来满口甘甜的余韵。我疑惑地蹲下去，细细地看那口水缸，原来那水缸的边上有一条细细的裂缝，清清溪水便从那裂缝过滤进去，储下来，便有了一缸极为清净的水。

因为爱那一溪清清碧水，我便经常去晓菱的家。每次看到晓菱家三个水灵灵的姐妹，我总是很感慨地想：这一定是出自那一溪清清溪水的滋养！并且从那时，一直到成年，一直到今天，我再看到任何不合常理的事，都坚信，在那貌似不合理的背后，必定有它合理的因由。

夏天开始的夜晚，跟着晓菱和她的两个姐姐，在做完了一天的事情后到溪边，在清清的碧水里洗涤一天的尘埃，对我，是件再愉快不过的事。因此，晓菱的家，便成了我最喜欢去的地方。

晓茹即使是在溪水里，也不愿脱下那双美丽的绿凉鞋。她洗完手脚后，就坐在高出溪水的干净的石头堆上，让穿着绿色凉鞋的脚，浸在清凉流动的水中，由着溪水尽情地冲刷。那双绿鞋，在清幽幽的溪水里,看起来简直冰清玉洁!每当这时,晓菱就又会去缠住晓茹,要借她的凉鞋穿。

晓菱的大姐晓芸,有一头长及腰间的长发。夜晚,她在溪里洗完头发之后,都要再俯下头来,让头发顺着溪水的流向,再漂洗一会儿。我和晓菱这时便要争相站在晓芸的发梢处,让清亮的溪水,带着发梢,把我们的腿撩拨得痒丝丝的。有一次,晓芸在我们并站在她的发梢处戏水的时候,忽然顺水递过来一句捅破窗户纸的话:"三妹,人家的那双绿鞋,是小莫买给她的,你好意思借穿吗?"小莫就是晓茹的台湾男友。

晓菱听了大姐晓芸的话,情绪低落了下来,我便拉着她的手,走向远远的溪的深处。没人处,我突然想到一个问题,我问晓菱:"你大姐,结婚了吗?""结了。"晓菱说。"那她怎么老住在你家?"我很疑惑地问。"别问这个。"开朗的晓菱一反常态,很不耐烦地打断。我嘴上自是不便再问,心中却留下一个疑团,这个疑团,像长在葡萄藤上的一枚小小的绿葡萄,在我心中酸酸涩涩地不断长大。

晓茹不愿意借新凉鞋,却愿意分享她男朋友从台湾给她带来的零食。我和晓菱踩在凉凉的溪水里,分吃着甜得醉人的酒心巧克力,听晓茹讲她和她那位从台湾来,在一家台资企业做课长的男友之间的风花雪月。

晓茹的听众和食客总是我和晓菱。我们咕咕呱呱,说着笑着

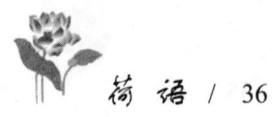

的时候,晓芸独自在溪里摸石头,捡到她中意的,便放进沙滩上一只小竹篮子里。有时我把剥开了包装纸的巧克力和饼干之类的零食,送到晓芸的嘴边,她总是微微一笑,摇头拒绝:"太甜。我不吃,你吃吧。"

这些时候,岸上人家的窗户里,常有这样轻快的歌声飘来:"每次走过这间咖啡屋,忍不住慢下了脚步,你我初次相识在这里, 揭开了相悦的序幕……芳香的咖啡飘满小屋,对你的情感依然如故……"对岸百货大楼霓虹灯红绿的光,倒映在远处流动的水面上,变幻着各种动荡绚丽的色彩;近处,月光下,溪水中,晓茹脚上的那双凉鞋,看起来更加晶莹剔透了。因此,在我和晓菱的眼里,至少在我的眼里,爱情女神,实在太美了,她是绿晶晶的凉鞋、艳丽的衣裙,是甜蜜的巧克力、香脆的台湾饼干,是青年男女的许多浪漫的故事。真让人憧憬啊!

晓菱的大姐晓芸是个温柔沉默的人。有一天,我在她的房间里,看到她居然在从溪里捡来的鹅卵石上画画。再看桌上,大大小小的鹅卵石上都画了精美的画,这些画,使所有的顽石,都有了生命一般地活了。天啊,我这才知道,我们身边默然不语的晓芸,竟有如此高雅的内心世界和高超的技艺!我不禁抬头认真地端详了一下身材高挑的晓芸,我忽然发现,她那隐在沉静和略微苍白肤色下,仿佛看不到底的秀美,竟是在两个美丽的妹妹之上。我从此不敢小觑身边那些温柔沉默的人,她们是那深流的静水!

有一天，我和晓菱一起做作业，忽听见晓茹在晓芸的房间里对晓芸说："姐，我让小莫帮你把这些石头带到台湾，兴许会有人慧眼识珠。"小莫是晓茹的台湾男友。想着有一天要随当课长的小莫，飘洋过海到台湾去的晓茹，真愿意把自己满得快要溢出来的幸福，匀一点给别人，尤其是晓芸，自己的亲姐。

这之后的一天，小莫应晓茹的邀请，来晓茹家，看晓芸的彩石。晓芸首次对我们打开了锁着十几块彩石的玻璃柜。屋里光线不足，晓芸移来一盏台灯。一打开台灯，那在玻璃柜里摆在一起的十几块彩石，竟是戏台上的一出"林黛玉进贾府"。小莫"啊"地惊叫起来，白色镜片后面的眼睛瞪得又圆又大，他以曾经接受过美国西式教育的西方人的方式，大声赞叹道："伟大的艺术家！"晓茹站在我身边，用眼白斜斜地瞟了小莫一眼，仿佛在嗔怪他大惊小怪。"你是说，从溪里捡来的石头，在你的手中，就变成这些倾国倾城的美女？"小莫并不在意晓茹的白眼，擎起其中一块画着"黛玉"的石头，凑到眼前细看，激动得语无伦次。

那是个很愉快的夏天，通过小莫，晓芸的彩石，源源不断地换回了外汇。这是多么可喜可贺的事情啊！

离婚回娘家来住了两年的晓芸（这是我无意中从晓茹的嘴里听到的），苍白的脸上，开始常常浮现盈盈的笑影了。

"昨天下大雨，上游水库开闸放水，溪里的水都涨到岸上来，差点淹了我家的地板。"一个大雨过后天气晴朗的早晨，晓菱来上学时对我说。我大惊，急问道："那么你们家种在溪里的菜呢？

那些菜呢？""你放学跟我去看吧，我也不知道，顾不得了。"晓菱顺口邀请，她似乎没有我那么着急。

放学后，我跟着晓菱一口气跑回去。我心狂跳着，跑到溪边，高涨的水退下去了，远远看去，那些菜绿绿的，仿佛还好。我又拉着晓菱，急急涉过深深的溪水，到溪中心的绿洲。上去一看，那些菜，竟真的活得好好的，只是，菜的叶子上满是淤泥的痕迹。我不禁大大地舒了口气。

我这才知道，我现在，有一半的魂，是丢在那条溪里了。

紧接着，又有件事，像大水一样淹了晓菱的家，晓菱的家却不像溪中的菜，很快恢复元气。那件事，本来也算是一件喜事：晓芸以彩石为媒，与小莫急遽坠入爱河，接着紧锣密鼓地结了婚。

或许，晓芸和小莫并没有错，他们只是彼此更相爱，更适合；或许他们的过错，只是没有在对的时间，遇上更对的人。因此，晓茹格外冷静地接受了这件事。

在我后来的人生里，我对静水深流者总有莫名的戒备和过分敏感的防卫，细细追溯这样的心理源头，就在晓芸和小莫那里。此是后话了。

在找不到晓茹的那个晚上，没有任何不祥的预兆。因为晓茹是个那么勇敢直面变故的姑娘。

那个晚上，晓菱发现晓茹没有回家睡觉。晓菱虽有些担心，但又觉得她的美丽的二姐一向开朗坦荡，不会出什么事，她应该是到要好的女友家聊天解解心中的郁闷，晚了就在女友家过一夜，明天吃早饭的时候，兴许就会看到她活活泼泼地回来，然后，很快就又会恢复到以前的状态。

  第二天早上5点多，晓菱再也睡不着了。她干脆起来，收拾了全家人换下的衣服，装在一只大竹篮里，拎到溪边去洗。她把一篮子脏衣服浸在溪水中，习惯性地抬起眼睛，四顾溪边清晨的景象。溪边，只有远处少数几个早起的人，低着头哗哗地洗着衣裳，更远处的南桥上，传来人车杂杂碎碎的声音。突然，她看到，离她几尺远的溪边，静静地搁着一双绿凉鞋——二姐的绿凉鞋，在薄薄的天光中，发着绿幽幽的光，有一种令人骇异的美丽。一股莫名的惊惧，摄住了晓菱的心，晓菱顿时六神无主地慌乱起来！

  那天的下午，人们在溪的入海口找到晓菱美丽的二姐一点也不美丽的尸体。那双惨白青紫的脚，赤裸着。

  之后，填报高考志愿时，晓菱毅然填报离家最远的东北的一所大学。秋天刚来的时候，她实现愿望——远走他乡。送晓菱上火车的时候，我触目惊心地看到，她的脚上，穿着二姐的绿凉鞋。

  那一溪清清碧水，兀自夜以继日地向东流去，可我们再也没人去了。晓菱她们家在溪里的菜地，也从此荒芜下来。从南桥上远远地看去，那荒芜的一块，活像人头上的一块秃秃的伤疤。每次从南桥上这样看到，我都会急忙转过头去。

  （原发表于《北方作家》2011年第6期，北师大文学季刊《脉动》2012年第1期）

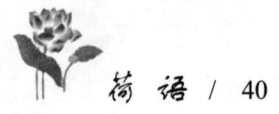

相约黄昏后,今夜不寂寞

多年来,我每天晚上下班回来,永远不变的一幕,是从楼下信报箱里取出厦门晚报,然后,乘上电梯,回到家中。因此,每当黄昏来临,想起已有一份晚报躺在信箱,像一个爱自己的人在等着,心中便会漾起微微的激动和新鲜的暖意。

厦门晚报报道国内国外时事政治,城市乡村大小事情,均实事求是客观公正,因此公信力很高。这让我们对它不存心理防范,因此日复一日,不知不觉,对它竟心生相濡以沫的情愫。晚报那些诸如美食、衣履、旅游等休闲类栏目,也是我的所爱。这些栏目的文章,或温馨曼妙,或精致可人,能让人在劳碌一天后愉悦地放松身心。我因此总是津津有味地看,家人催促晚饭,也常常置若罔闻,家里的人有时会"生气"地说:"你别吃饭,吃报纸好了!"每当这时,我也会幽幽地说:"这是一杯养颜养身的红酒,要慢品!"

厦门晚报最深入人心的栏目,大概要数"我要说"了,几年来，它差不多是一条晚报"走基层"的特别通道。有一次，我们小区遇到让人束手无策的违章建筑问题，几家人在小区中庭碰面，义愤地想各种办法时，另一位业主走过来，听到议论，马上就准确地报出晚报"我要说"热线号码，并一挥手坚决地说就找"我要说"！于是，一个不堪侵扰的邻居，拨了"我要说"热线。让我们意想不到的是，几天后，一篇大篇幅的报道赫然出现在厦门晚报醒目的位置。我拿来报纸，悄悄细读，发现写这篇报道的记者，比我们本身对这栋大楼的违章情况摸得更清楚，显然是经过深入调查取证，还在文后权威地附上建筑设计图例。这篇报道引起了几个不作为部门的恐慌。小区的邻居们再碰面，虽心照不宣，但眼睛里都闪烁着偷着乐的光：小小热线，威慑力无边啊！

厦门晚报最让人怀念的就数几年前萧春雷编辑的"作品"栏目了。萧春雷编辑说他每期虽然编那么两三篇，但这两三篇都是从全国几十上百篇的来稿中精挑细选出来的。"作品"上的作品，别致耐读，韵味悠长，因此，在全国无数报纸林林总总的副刊中，这个栏目有着别人无法复制的独特风格，在当时，这几乎成了厦门晚报的一个品牌，一个亮点。时至今日，想起这个版面，我心中仍会疼痛地想：不知何时能够"还珠"？

前一阵，忽然看到晚报有了一个新栏目叫"日光岩"，是晚报社长林水圳亲自主笔的。文章虽短小精悍，却挥洒自如，对时事的点评，颇有见地，读来眼前一亮。这个栏目提高了晚报的文化品位，让人有些回到晚报拥有"作品"的当年的幻觉；又让人

觉得晚报仿佛长出了一双洞察这个城市的明亮的眼睛。

　　每天在黄昏之后,手里拿着质感细腻,散发着微微墨香的晚报,常想,即使没有一个爱你的人等你,有这样与晚报的黄昏之后相约,大概也不会使你在漫漫长夜过得太寂寞。

　　(原发表于《厦门晚报》2012年1月14日,获"我心中的《厦门晚报》"二等奖)

陪 伴

我的邻居林医生夫妇，是一对退休多年的名医夫妻。林医生的老公后来得了老年痴呆症，情况一年比一年糟糕，每年还要进医院治疗好几次。我的90多岁的婆婆，有一天送了一点带壳水煮的花生到她家，这位做了我婆婆几十年邻居的名医，居然一点儿也认不得她了，只傻呆呆地坐在沙发上"看"电视。我婆婆让他吃水煮花生，他也不懂得剥壳，瞪着孩童一般的眼睛，直直地看着她。婆婆只好一个个剥开，掏出子儿，塞到他嘴里。婆婆告诉我的时候，我叹道："这样活着，还有什么意思？""可是林医生每天晚上跟他坐在一起看电视的时候，总是跟他说，叫他一定不能先走，要一直陪着她看电视。"婆婆说："现在，他谁也不认识了，连亲生的三个女儿也不记得了，就单认得老伴。"

我父亲长眠的梅山塔的第三层，有一个冰凉的盒子，上面嵌着一张青年男女的合影，只写着一个女性的名字。我第一次看到这张合影时，十分震惊。那时它已旧得发白，但仍可以很清晰地

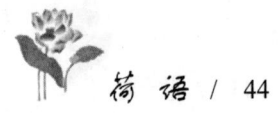

看出来两个人清秀俊朗的样子,以及他们相依在一起愉悦的神情。这一定是他的妻子或女友突然离世,他心伤欲绝,恨不能随她而去,就嵌上他们的合影,让她永远感受到他的陪伴。也或许是他们曾经说过:山无棱,天地合,乃敢与君绝。所以,他以这种方式,来永远陪伴着她,不食言。

我为这样的凄美动容,也为这样的生死相依震撼。但我也以为,时间能使照片发白、发淡,也能把他心上的伤口缝合、抚平。接着,就是淡忘了。纵是这样,这男人已是那极少数至情至义的人了。第二年清明,我去给我父亲扫墓时,赫然发现,那张发白的男女合影,已换成同底的另一张颜色鲜艳的照片。照片上两人相依相偎,服彩鲜明,神色愉悦,栩栩如生。我默然良久,想,他一定是真的太想陪伴她,一直陪着她,到地老天荒。

世上有多少夫妻,就有多少种不同的陪伴,但每种陪伴都有一个共同的特点,那就是两颗相依的心。

父亲去世后,为了让母亲早些走出阴影,我劝她锁上她与父亲一起居住的房子,搬去靠近子女们居住。母亲采纳我的意见搬家时,舍弃很多崭新的家具,却执意要搬走一张旧床和一床半旧的被子。母亲说,那是她和父亲一起睡一起盖了多年的床和被子,无论她搬到哪里,都要跟着她走。

母亲搬到新家的时候,带来一个纸盒,我很奇怪地问她:"这装的是什么?"母亲说,搬家的时候,她满屋子找,找出所有我

父亲写的字,全部归在这个盒子里了。又说,我父亲的字在,就如同我父亲在一样。

我本来劝母亲,要自我调节,要打开生活新的一页,要往前看,但又想,如果这样能给她带来一些安慰,给她一些欢乐,那也是一种陪伴,温暖而长远的陪伴。

(原发表于《泉州晚报》2012年2月21日,《厦门日报》2012年3月2日)

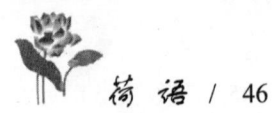

这辈子,我就和书结婚

高考前几个月,我中午时会去阅览室看杂志,借以松弛绷得太紧的神经。有一天,我忽然发现,我们的那位老管理员不来了。我赫然看到,顶替他坐在那个位子上的那个人,黑、矮、瘦小,花白的头发下一双眼睛白多黑少,浑浊可怖。开口说话时,露出一口杂乱的牙齿。他的打了几处补丁的衣服,简直可以说是褴褛了。这在我们这所颇为洋气的学校里,实在是个异类。

后来,我才知道,他是学校阅览室原来那位老管理员的儿子。老管理员退休了,这学期由他的儿子补员顶替。他的儿子,就是这位新任的管理员,刚从他初中一毕业,就上山下乡去了近二十年的山区回来。

二十年的山区生活,竟把一个城市学校教职员工的子女,变成今天这副模样?如果不是亲眼见到,我无论如何不敢相信。

我去阅览室看书时,每次都看到他低着头看杂志。这样一个人这样爱看书,出乎我的意料。

高考完的那天下午,我收拾东西,正准备回家。忽然,有其他宿舍的同学跑来叫我,说老杨在我们教学楼的某间等我。老杨就是我们学校阅览室的管理员。我觉得很意外,但还是去了。

我一爬上教学楼六楼,远远地就看到老杨,他站在最东一间的门口,笑笑的,看着我一脸疑惑地走来。我一走近,他马上打消我的疑虑,说:"我是想借你一些书回去看。你毕业了,没事,正好多看书。我知道你爱看书。"我的感激的笑容,立即从心中开放到我的脸上,我正愁这个前途未卜的漫长的暑假,不知要如何度过。"自己进去挑吧!"他说着,自己依然站在门外,面朝大海,悠闲地吸烟。

他的房间,又令我大吃一惊,除了一床、一桌、一椅、一个旧木头箱子和几只碗筷,再就是书了。满世界的书!我从他的浩如烟海的书中,挑了一套《红楼梦》、一本《简·爱》、一本《飘》。我喜出望外地捧着挑好的书,走出他宿舍时,惊讶的神色依然大大地挂在脸上。他瞟了一眼我的神情,马上就明白了我的惊讶,他露出杂乱无章的牙齿,露出一副仿佛活过了两辈子的豁然的神情,笑笑说:"我这辈子,就和书结婚了!"他说着,个子小小的身上,无形地迸发出让人不敢小觑的力量。

他的话,让我整整惊讶了一年。

我到外地上大学之前,托人还回了他的书。

大一暑假回家来时,无意中,我听说他结婚了。并且,他的结婚,事实上几乎是,"买"了一个山区的女人来当老婆。听到

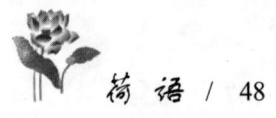

这消息时,我睁得铜铃一般大的眼睛,久久无法还原。耳边不能停歇地循环播放着他跟我说的话,"我这辈子,就和书结婚了。"

大二暑假回家来时,我打母校教师宿舍楼前经过,碰到老杨。黑、瘦、矮小的老杨的手上怀里,童话般地憨憨卧睡着一个粉白粉白的大胖娃娃!

老杨看到我,热情地邀我上他家去坐。他的家,就是他背后的那间。

我万分好奇地随了老杨,走进他的家。他的家虽简陋,却打埋得异常整洁,有点残破的红砖地板,洗得发白,桌椅床几收拾得十分干净。大热天里,给人一种安宁的凉意。他的老婆,疏眉淡眼,包谷牙,却是一身雪白的肌肤。冬瓜般的体形,却穿得得体大方,能讲普通话。就是老杨浑身上下,也齐整清爽许多。这才明白,他怀里那粉白的娃娃,是怎么来的;这才明白,老杨他何以不再坚持"我这辈子,就和书结婚了"。

我再次到老杨家,是二十年后送儿子上母校的高中。我在母校边上的一栋崭新的高层楼房前遇到老杨,他刚从外面回来,一眼就认出了我来,力邀我上他家里去歇脚喝茶。

坐在他家客厅泡茶,慢慢聊来才知,彼时,老杨已从学校管理阅览室的岗位上退休,小他十五岁的老婆则承包了学校的食堂。中专毕业的儿子,也在食堂帮忙做账。正说着,老杨的老婆回来了。老杨的老婆,比起过去,胖了一大圈,因为胖而显得短的脖子上，戴了一圈粗粗的金项链，一副准财大气粗的样子。老杨的老婆一进来，就劈头痛骂老杨，说一早出去，洗衣机里洗好的衣服，也不知道晾，什么事都等她！之后，才看到坐在一边尴尬极了的我，却也只是简单地敷衍了我一句，就进了三房一厅中的一个房间，换了上衣，又匆匆出去了。老杨的老婆刚走，他的儿子就进来了。当年那个粉白粉白的胖小子，已长成人高马大的青年。进得门来，既不跟客人打招呼，也不瞧他爸爸一眼，一副对任何事都不屑一顾的样子，不轻不重地踢开门，匆匆闯进另一个房间，拿了件什么东西，然后，昂着一头麦穗黄的头发，又旁若无人地出去了。我不可思议地坐着，觑眼看另一间半开着门的房间，我万分惊讶地看到，那里面，除了一张单人床、一椅、一柜，其余的全是书，满天满地的书！那分明，是老杨自个儿的卧室。我的耳边仿佛又听到老杨在说："我这辈子，就和书结婚了！"

老杨看我愣愣地瞅着那个房间，在一旁，自语般地叹了口气，虚弱地说："我这一辈子，最大的失败，就是没有坚持只和书结婚。"

（原发表于《闽南风》2012年第2期）

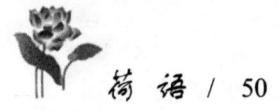

诗意的栖居

一踏上金门的土地,就随着旅行车,奔驰在硬质水泥路上。放眼车窗之外,不时有孤独的别墅,端庄安详地屹立在大片的田野中。细看这些楼房,竟没有素常见惯的各种防卫设施,朴素本真地与原野融为一体。想着它们在每一个日出日落,怡然地与农作物共享明月清风,我们的眼中不禁流露出感叹和疑惑。

导游看着我们的眼睛,笑着解释道:"在金门,靠县营金酒公司酿造高粱酒赚钱所赐,每个65岁以上的老人月领至少新台币3000元抚慰金,专职妈妈也能月领3000元津贴,初中、小学和幼儿园学生享有免费营养午餐……这些福利,使金门人夜不闭户,路不拾遗,更无抢劫事件。"

原来如此!

导游接着又说:"金门高粱酒以金门岛所产旱地高粱为原料,以小麦制曲,取当地名泉'宝月神泉'花岗岩下富含矿物质的优质矿泉水酿制,加上全球独一无二的坑道窖藏,喝完这样的高粱，不会有酒臭味，相反地，身体还会散发淡淡的酒香。"

啊，在明月之夜，春花之夕，从这样的房子里，悠然走出，坐在寂静得能听见院外高粱低语的院落内，小酌高粱美酒，这是怎样一种诗意的栖居？这种幸福不真实得让人疼痛，可是，车窗外不时掠过这样的楼房，不住地提醒着这种幸福的真实存在。

岁月芬芳，时间在这里静止。

当整旧如旧的洋楼，华丽精美地呈现在我们眼前，我们才知道，这个朴素的村落，蕴藏着怎样的不寻常。导游说，这些洋楼就是上个世纪三十年代，村庄里老一辈到印尼等地经商，发财后寄钱回来盖的所谓侨汇房。

走进这些西洋风格的楼房，看到的却是中式格局。红润的地砖，粉白的墙，是真正的一尘不染窗明几净。面对这样令人叹为观止的清净整洁，我们连说话的声音都不由自主地低下来，惟恐一点喧哗，一点脚步的杂沓，会搅醒在这无比洁净的厅堂中，安娴地绽放典雅光华的古香古色的桌椅几案和精美瓷器的清梦。

我们十分感叹地悄声议论：就是穿着白袜子上上下下走一圈，大概也不会见黑啊！这样的清洁静谧，哪像供游人参观的公共场所，当年白玉为堂的深宅大院，大约也不过如此。如果不是楼内现代化的卫生设备的提醒，真会让人不知今夕何夕。

这便是金门文物保护的典范。

模范街是金门现存最古老的街道之一。这条街道，粗略地看过去，跟任何老街一模一样。可是，再细看，就会惊讶地发现它

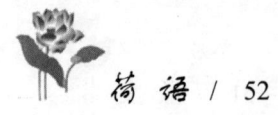

的不寻常：在这条以普通旧式南洋与闽南建筑为主要风格的老街里，没有人声喧闹，不见公共场所吸烟者，平凡地经营着各色日用杂货的店铺之间，看不到丁点垃圾，熟食经销者一律严格地按照食品卫生要求，带着卫生口罩，卖鱼卖肉的菜市场，没有一丝异味，所有的卫生间之清洁堪比星级宾馆。因此没有任何一只苍蝇蚊虫肯来光顾。

黄昏来临，当我不得不和夕阳一起告别这条老街时，对于这样细致入微的洁净，这罕见的平和与宁静，我内心不无震撼地想：物质的文明只是华丽的外衣，公民文明的素养则是血管里流淌着的干净血液。如有一日，能够选择一个终老的地方，这里，一定是我理想的栖居之所。

（原发表于台湾《旺报》2011年5月18日）

错时的好

配合单位，上班周六，调休周一。所以，今天，这个周一的上午，我迈着从容的步伐，走向公交车站。风吹来，把我额前一缕过长的刘海拽到一边，太阳和煦的光照过来，照在我无遮无拦的脸上，疏疏的睫毛在我的脸上投下淡淡的影子，这有些让我受宠若惊。今天是周一，以往这时，我的脸正承受电脑强烈的辐射。

公交来了，踏上一看，老人们都有座位，我也不必站着。很久没在上下班高峰和节假日之外的时间搭过公交，我有些愕然地想，平时在公交上挤得脸贴着脸的那些人，都哪里去了？我疑疑惑惑地挑了个临窗的位子坐下，瞅着窗外的风景，正想着自己是否也成为别人观看的风景。这时，超市门口的车站到了。

我像个全职主妇那样，提着购物袋，赶赴超市。购物、过秤、买单，一概全免冗长的排队。步出超市，我不敢相信地抬头瞭望了一下瓦蓝的天空，时间尚早，决定步行回家，当做锻炼身体。

经过离家很近的一个公园，我顺路弯了进去。踩进公园里一

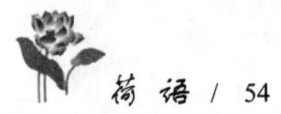

地的寂静,我忽然觉得这个公园陌生得可疑。怎么不见了人头攒动?怎么没有了闹闹嚷嚷?这才想起,我这是在周一。在我的记忆中,我几乎没有到过周一的公园,我一直以为那是退休以后的事。而退休,那是2020年之后的事了。

大榕树罩住了一个更加清幽的地方。树下几个老年妇女,在无声地练太极。我悄悄地把购物袋放置石凳的一边,又在石凳的另一边安静坐下。头顶上榕树遮天蔽日,忽然一颗榕子,轻轻落到我的脚边,轻得像老榕树的一声叹息。公园之外,大街之上,车辆疾驰,唰唰之声,不绝于耳。匆忙都是别人的,人生所要面临的劳碌和奔波,也仿佛都是别人的!今天,在今天,我就要在这美好的安静的公园里,享受浮生里的半日闲暇。因此,我心中不住地荡漾着幸福的感觉。

高中时代的两位死党,住得离我家很远,所供职的公司,却与我家近在咫尺。每天我下班回来,她们却都回家去了。一年,甚至几年见不上一面,也都是正常的事。这个中午一呼,两人竟好像久等我的邀约,极爽快地应诺:"好!"周末门庭若市的潮富城,今天人不多不少,三个三十年前的死党,款款到来,正好填满三十年后三个正空着等我们的座位。

午睡醒来,钟点工来做卫生。三个小时完成后,我交给她七十五元,她退回十五元。说是非周末,每小时少五元。我惊喜地看着手心里的这十五元——这不出一丝力气不费一点口舌省下

来的十五元,脸上不禁绽放出一朵粲然的笑容。今天的所有这些,都是错时的好!

错时的好,让我脑袋猛然开窍。之后,再碰上人家正双眼喷火,嘴巴狂乱吐词时,终学会了等。等吧,等风雨过后,等雨过天晴。没想到,丽日和风尚未到来,他已前来为自己的神经错乱道歉。此时来谈正事,便兵不血刃地解决了难题。从此,再遇针尖,便自觉先藏起麦芒。去年股市低迷,大家拼死地抛。我又想起错时,于是,坚守;于是,解冻了;于是,春来了。错开时间,事缓则圆。人生纷纷扰扰,何不多借助错时做事!

(原发表于《东南早报》2012年5月3日,获该报"当月好作品"第一名)

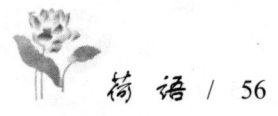

归 来

这件神奇的事情，发生在上个世纪八十年代末。

上个世纪八十年代末，我大学毕业，被分配到一所中学教书。父亲给我踏上工作岗位的贺礼，是一辆红色的女式自行车，车的斜斜的横梁上，是一只彩绘的凤凰。

从此，每个旭日初升的早晨，她都如一只火凤凰，用她振翅欲飞的双轮，载着青春飞扬的我，飞向学校；每个彩霞满天的黄昏，她又如一只火凤凰，驮着辛劳了一天的我，回归温馨的家。

买这辆车花的钱，相当于我当时两个月的工资，因此，我非常地珍惜她。每天从学校回来，无论多累，我都要用绸布，把落在她身上的尘土擦拭得干干净净。要是雨天，穿过泥泞回来，我必定先以清水淋净她，再用布抹干，最后极薄地拭上一层油。每天我转着轮子的钢圈，细细擦着每一条钢筋，心中都会涌起这样温暖的话语：即便我还不太适应新的环境，即便我还没有新的朋友，可我并不孤单，因为有你！

与她的分别，是在一个秋高云淡的早晨。那个早晨，我骑着她去邮局寄信。到邮局门口时，我把她停靠在邮局门口的榕树下，上了锁，安然走进邮局，毫无预兆。五分钟后，我从邮局出来，邮局门口的榕树默然无语，榕树下空空荡荡。我的火凤凰，不见了踪影。

我不信五分钟的时间，会造成我们永远的分离。我找遍了邮局附近的角角落落。可是，再不见她的芳容。

我失魂落魄地独自回家。我们就此消失在彼此的生活中。

我再买新的自行车后，她就在我的记忆中，渐行渐远了。只是，我没有想过要把她的锁匙从我的锁匙串上，取下来。

对于新的黑色永久牌自行车，很奇怪，再也没有从前那样的感情。新车，于我，只是上下班的交通工具而已。

那个突如其来的早晨，依然是个秋高云淡的早晨。我从邮局寄完信出来，走下邮局台阶时，秋天浅淡的阳光洒满我年轻蓬勃的身体。无意中，我把眼光瞟向邮局门口的榕树，我立时呆在那里：那不是我失踪的火凤凰吗？虽然她看上去旧了好些，风尘仆仆的样子，可是，我们还是心电感应般地认出彼此。

我的心狂跳，面上波澜不惊镇定自若，脚下无声地向她走去——我怕在我抓住她之前，她会支棱起翅膀，"扑"地飞走。我轻轻地，百感交集地，走到了她身边。我一手紧紧握住车把，一手摸出口袋里的锁匙串，挑出那把微微生锈的锁匙，插进她的锁孔，车锁"嗒"地一声，惊心动魄地开了。

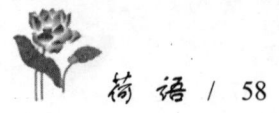

我把车座上一枚黄黄的榕树落叶,轻轻掸掉,然后像过去无数回那样,骑上去。我的白色的裙裾,飘然落在火凤凰的两边,我骑上她,风吹起来时,白色的裙裾像扑扇着的翅膀。我们一起绝尘而去,犹如一对仙子。

这件神奇的事情,发生在上个世纪八十年代末。我至今弄不清,为什么有一天,她会回到原地,来等我,难道是冥冥中所谓的"缘未了"?

多年后,历尽世态炎凉,再回想起那辆自行车,常常想,如果她是个人,一定是个重情重义的人。

思绪如风,飘过奔跑的脑袋

不太冷的夜晚,我都在这里跑步,一个人。

我的四周,高楼林立,灯光闪烁。我的左边是马路,平坦宽阔,车辆飞驰,川流不息,像流逝的岁月。前方一小片阔叶树林,它们深碧油绿的叶子,举重若轻地托起远近广告牌、LED灯光浓烈的色彩和变幻莫测的影像。右边是长长的绿化带。草地半枯,一副悟透安然的样子;榕树比较沉默,榕须长长地垂挂下来,亦是默然无语;三角梅枝叶疏朗,簇簇花瓣,远远看去,花色红得有些模糊。路灯光线朦胧,洋紫荆树下,不明不暗,树影斑驳,我看不清偶尔走过来的路人的脸,也正好能够藏起自己的脸。能够藏起自己的脸,也就能够藏起自己的灵魂。

跑步跑累了,我就坐在湖边的长条木椅上歇息。身后宽阔马路的后面,是广电中心呈三个锐角形状的大楼。它的后面,是我的家。我的面前是一条迤逦而来的石头小径,隔了它,便是篔筜湖。湖水不急不徐地流着,波纹圆融柔缓,很温婉。望着这样的

湖水，我说起话来格外有底气。掏出手机来给朋友打电话，像个凡事看得开的人那样，假装很豁达地开导朋友，大声朗朗地说："就比如，我背后的三个锐角形状的广电中心大楼，你可以看成是一把可能劈向你的大刀；也可以看成是一把戟，耸立在你的背后，时刻在给你'护驾'。再比如，我们的邻居，有怕那锐角正对家门的，在门上方挂了镜子，反射回去。我则不这样看，我把它看成我们手中握着的一把剑，可以随时用来护身。所以，凡事，就看你从哪面看，就看你的心态啦！"

也会在跑累了的时候，站在洋紫荆树下，面对着平静如镜的湖水，在心中说，我喜欢活在温润的文字中，因为它们像芳草，在夜深人静或凌晨星星犹趴在窗边时，抚弄它们，它们会像芳草那样发出馨香。甚至很傻地，深情款款地念着这样的句子："那些丝线的颜色梦幻一般多彩，精致得让人不敢相信和不敢触摸。""深夜，窗外明月高挑，不谙人间疾苦，圆润华美得没心没肺。"深信沉静睿智的湖水，它能懂得潜藏在文字中的美丽。风刮过来，洋紫荆掉下一两枚紫红的花瓣，地上的枯叶，也唰啦一声，随风打着旋儿远去。于是，我深信，洋紫荆也听懂了。

不太冷的夜晚，我在这里跑步，一个人。

小区里的狗

我们居住的小区，其实没有小区，四面是高楼，只有中间一个逼仄的中庭。这个中庭，可能是因为四面林立着高楼，太阳不大照进来，所以几乎不种花，只种了些绿色的植物，还种得稀稀拉拉。但是，我们小区有无数的狗，这些狗，使我们这个没有花，绿色植物又很衰萎的小区，跟别的美丽的小区一样可爱。

小区里最引人注目的，是一只我在心里悄唤它"大王"的浅棕色的狗。它每天黄昏之后，雷打不动地都要到湖边散步。这只大王狗，长长的毛从背上披挂下来，庞大威猛，如一头小狮子。实在堪称大王！它的主人也很有特点，瘦高的个子，微黑的长脸，深且长的两道法令纹里，锁着一股不屑于与人废话的沉默。每天天将暗下来的时候，他都牵着这头狗出去散步。

第一次见这头狗，是我要进电梯，而他们要出来。电梯门一开，一头小狮子一般的狗，鼻子喷着气，一身兽气，狗蹄"得得"地从电梯间威然走出来，牵着它的绳子放得长长的，以一个深深

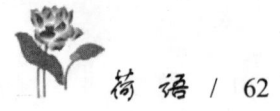

的弧度松坠下来。这样的绳子几乎没有约束力,狗很容易够着近旁的人,因此,一向惧怕狗的我,失色惊叫起来。那位牵狗的主人,我以为,会像我们小区里其他狗的主人那样,歉疚地对被他的狗吓出一身冷汗的人,安抚一声。然而,没有,他没有。他倨傲冷漠地丢下一瞥仿佛怪我大惊小怪的不屑的眼光后,就跟在他的狗后面,自顾自地走了。此后,再见到这只狗,我只有自卑地垂下作为人类高贵的头,远远地躲在一旁,给"狗大王"让道,再不敢不识相了。

我们的小区里,还有一些超级可爱的狗,那都是一些美丽女人养的。这些乖巧可人的狗,天冷的时候,穿上色彩绚丽的背心,就更精致玲珑了,要不是它们总是迈着小碎步,绕着人家的裤腿打转,根本就会被误为商店橱窗里当摆设的玩具狗。那些带狗的女人大多有一张令人惊艳的脸。不过这些漂亮的面孔上,却鲜有欢怡与倩笑,仿佛都从狗的身上传递出去了。

我们的小区还有一只美丽的狗,这只狗浑身披着雪一般白茸茸的毛,只在脖颈那,间着一片黑亮的毛,如披了一条黑色真丝围脖。这只狗不但毛色美丽如雪,步态也安闲典雅,一副贵族小姐的派头。它每天由一个衣着粗陋、神情疲惫的女人带下来散步,她跟在它的后面,就像一个老妈子。某些狗的主人,一旦有了钱,他的狗就比人更神气。

我隔壁邻居的太太,女儿去澳洲后,每天独自出去进来,神情变得很寥落。后来她领回了两只狗。有阳光的上午，她必定牵着两只毛茸茸的小白狗，乘了电梯到楼下中庭玩耍。那两只白毛小狗脚上都带着小铃铛，一路叮叮当当地跟着她下楼去，活像她的一对双胞胎小女儿。有一回，从她旁边经过时，居然看到她亲吻着狗背上的毛，掰着一只狗的小脚趾，细声细气地跟狗亲昵："来，让妈妈看看！"这位母亲，终于又满脸放着柔光地进进出出，而她的狗则一天比一天更加活泼可人。一腔愁肠，变成人与动物的和谐共处，也不错。

有一年，快过年的时候，我们小区的几个电梯门口突然都贴上"寻找吉娃娃"的启事，上头写着："吉娃娃，三岁。走失时，身穿大红缎子小袄……"语气极其哀怜，我边看，心边揪紧，以为是人家大过年的孩子丢了。当一颗泪珠蚂蚁一般麻酥酥地爬到腮上时，我突然明白过来，吉娃娃，原来是我们小区里的一只狗！我咧嘴笑了一下，想，做一只让人如此这般寻找的狗，不枉为狗一世啊！

感谢小区里的狗，让我们这个没有花，绿色植物又蔫不拉叽的小区，一样生动活泼。

（原发表于《东南早报》2012年2月4日）

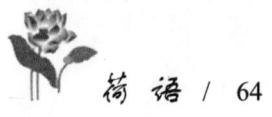

那大智若愚的胚

1

　　我儿子刚学会整句整句说话的时候，眼睛不巧得了结膜炎。我带他去看眼科，回来，每天细心地按时给他滴眼药水。起先，他不敢滴，每次要给他滴眼药水都要连哄带吓。滴了三次后，他发现，滴这个眼药水，并不痛苦，于是，再叫，他很愉快地颠过来，乖乖地把小脑袋瓜搁在我膝头上，眨巴着小眼睛等着我给他滴。滴完后，他会皱着小脸儿，呲着牙，说："真凉快！"

　　再一天，下完一场大雨后，我抱他去他外婆家。刚走到屋檐下，一颗悬挂在屋檐的水珠"啪嗒"掉落在他光光的脑门上，儿子惊喜地大叫起来："妈妈，老天也给我滴眼药水！只是他老，眼花了，滴到我脑门上了。"

　　天啊，多么好的比喻！

2

　　儿子上幼儿园大班的时候，一天放学回来，跟我说，今天老师交代他们,以后每天要刷两次牙。我说:"就是,要不牙齿蛀了,跟老爷爷一样,什么也吃不得。"

第二天早上起来,我喝茶时,儿子很主动地去卫生间刷牙。这一次,儿子刷了老久才出来。出来后,大张着小嘴,要我瞧瞧他的牙齿白不白。我假装惊喜地说:"很白耶!"儿子得意地说:"我刚用两种牙膏,把一天的两次牙,都刷了!"

我忍着笑说,人一天吃三顿饭,我们换三个碗一次吃完吗?儿子眨巴眨巴乌溜溜的大眼睛,寻思着,良久,才顿悟般地说:"怪不得,爸爸睡觉前,总刷牙!"

3

儿子上小学一年级的时候,第一次期末考试,上午考语文,下午考数学。晚上我从单位回来,问他:"考得怎么样?""不知道。""那你做完后检查了吗?""语文有检查,数学没有。""为什么?数学做题时间不够吗?""数学还剩很多时间。""那为什么不检查一下?""老师只说语文做完要检查,没有说数学做完也要检查。"我十分吃惊!

问了老师,才明白,期末考那天,上午考语文,下午考数学,上午考语文前的早自习,班主任下班,交代大家考完后要检查一下。下午是两点半学生一到校就直接考试,老师没有时间再做考前指导动员。原来如此!

儿子领回成绩单那天,我问儿子:"你考得怎么样?""语

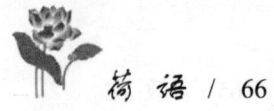

文95分。""数学呢?"我心都提到嗓子眼了。"数学100分。"我万分惊讶地抢过儿子的成绩单,果然,数学真是100分!

　　我绕着傻头愣脑的儿子,前后左右地瞧着他,心想,这家伙,拿不准,是那大智若愚的胚!

我家的动物植物

我叫南生,35岁,在一所学校教书。我有一个女儿,她10岁。三年以前,我有一个快乐的家,因为那时家里的男主人,还没有弃我们而去。

他离开的那个清冷的早晨,女儿说,我们把爸爸的拖鞋,照样摆在门口吧,哪天他回来了,好穿。

他离开的那天傍晚,我从学校回来,走过一个废弃的花坛,忽然在我眼角的余光里,出现了一株孤独的薄荷,它在寒凉的黄昏中,兀自蓊郁着。我的心不由得一颤,于是我带了它的一个分枝回家。我从家里储藏间找出一个落满灰尘的玻璃瓶,我把玻璃瓶清洗干净,在瓶子里注了清水,然后把薄荷插在里面。我把这一瓶叶子,摆在客厅的餐桌上。我以为它会像鲜花那样,抖擞几天,然后衰萎。我想,等吧,等它衰萎了再说。至少在今天,我不想让我的家,太空。

第二天,我醒来就去看它,它绿意盎然,空落落的桌上,落

满了薄凉的香。第三天醒来，我再去看它，它肌理清明，那伏在墨绿色里的抖擞的精神，把我颓唐的神经，悄悄地支撑了一下。后来的一个早晨，我透过玻璃和清水，看到它的褐色的茎上，长出了细米粒大的白芽儿。这个白芽儿，慢慢抽成了一条细根。它活了！薄荷居然能水培，水培的薄荷居然能活！至此，我悬着的心，回落到我的胸腔里。它那一天天抽长的根须，好像昭示着我们这个缺了男主角的家，也一样会长出长的希望和好的未来。我因此愉快了一些，因此愈发喜爱水培植物。透过玻璃和水，看它们生长的隐秘和细节，那是一件给人启迪和鼓舞的事情。

　　我的丈夫，他以前是个厨艺很好的男人，多年来，他一直为我们做饭。他做饭时常开关的冰箱，我后来每次看到，都要急急掉开目光，否则泪水又会漫上我的眼睛。我想了想，搬了几盆仙人球放在冰箱上，我希望我再看到冰箱时，关于那些不愉快的记忆，会随着仙人球身上硬扎扎的刺，发散开去。接着，我在冰箱上养了一盆水培的绿萝。绿萝几条弯绕的藤蔓，背负着纷披的绿叶，从冰箱的一侧垂下来，像一道绿色的帘栊，又像一帘幽梦。冰箱，因此不再是原先印满忧伤记忆的冰凉的家电。它有生命！我看着它，心中的希望随着绿油油的藤蔓一路地延伸出去。

　　后来，在我的家里，客厅、卧室、厨房、卫生间、阳台，逐日种满各样水培植物。我每天睁开眼睛，必是先瞅瞅摆在两边床头柜上水培的富贵竹和红掌。我总是先透过清净的水看它们的根，那真是一尘不染啊！

我每天默默地给这些植物加水，摘下黄叶，修去枯枝，喷洗叶片上的尘埃，它们则静静地吐露出幽雅怡人的清新气息。这是我一天里绝无仅有的好时光。好友来我家，在我家四处转悠，墨绿、深绿、碧绿、浅绿、黄绿，盈盈的绿意染绿了她的眼光。当她转了一圈，重新坐回到客厅的沙发上，望着这个恬静、葱郁、纯净得不太真实的家，她感慨万分地说，一个人的心，放在哪里，哪里就茂盛啊！

第二年，我们买了五条血鹦鹉，放在大鱼缸里，和我们一条已经养了五年的大血鹦鹉作伴。这个大鱼缸，放在客厅里。客人们来了，总是饶有兴致地围着我们的鱼观赏。我们的小餐厅里，也有一个鱼缸，小些，青灰的底淡淡的白点，水面上嬉戏喋动的，是锦鲤斑斓的身姿。

第三年，我们养了一对珍珠熊。养了三个月，这对珍珠熊就下了两只幼仔。有一天，我发现，女儿要是想她爸爸了，就会去跟珍珠熊爸爸说私房话。珍珠熊爸爸听女儿述说时，专注的眼睛忧伤地晶亮着。女儿跟它述说一会儿后，会悄然抹去眼角的泪，平静地回到书桌前，继续她的功课。我不阻止女儿与珍珠熊爸爸说话，也从不在女儿面前说她爸爸的不是，从不。我们之间的是是非非，不应由女儿来承担。

后来我又买回了四只珍珠熊。它们从小一块儿长大，因此大多数时间能够和睦相处。那只大眼高颧骨扁薄嘴的，酷似葛优；

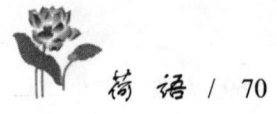

眼睛大大特别漂亮的那只，我们叫它赵薇。总之，一窝的大腕明星。它们挤在一处咕叽咕叽的时候，我们就说它们正上"春晚"。葛优调皮起来，会欺负赵薇，这时，我们只好罚它关禁闭了。我们的家里，因为这些动物，又飘荡起了欢笑声。

我每隔一段时间，都会选几位学生来我家参观珍珠熊。他们不是学习顶好的同学，而是取得进步的学生。期末考试后，我的两个从来没有考及格过的学生，考及格了。他们来我家看珍珠熊，我从他们看着珍珠熊时发亮的眼睛知道他们很喜爱珍珠熊。于是，我把两只幼仔送给他们。我们的家，就这样，成了学生们很向往的地方。

今年，我们养了七个年头的血鹦鹉寿终正寝了。我们舍不得它，知道它也舍不得我们。于是，我们就像埋葬故去的老人那样，把它埋在门口电梯旁的花盆里，让它永远守护着我们。把血鹦鹉埋下后，女儿说，我们把爸爸的鞋拿走吧，有血鹦鹉守候着我们，就够了。

为画，而不画

我开始在报刊写文章的时候，马文也开始给报刊画画。我出版作品集的时候，马文也已小有名气。我邀他给我的作品集作插画，他欣然应诺。马文虽不是科班出身，没有受过专业训练，但他的画很有灵气，很让刊物的美编看好。

我认识一个家世背景好，长相俊美的女孩。我单方面地以为，我应该把她介绍给马文，为了马文，也为了报答马文为我的作品集热心作画。

我把马文和这女孩安排在咖啡馆里见面。那明眸皓齿的女孩，花朵一般轻盈地坐着，极其矜持地拿小茶匙，缓缓地搅着杯子里的咖啡，却是不喝。马文坐在她对面，显得很局促，灵活的大眼睛不灵活了，甚至微红着脸，不断卑怯地低下头去，只用两团手掌不住地磨蹭着膝盖头。偶尔抬起头来，喝口咖啡，看那女孩一眼，两眼放射出羞涩激动的光芒，又低下头去。

那个浑身散发着泥土芬芳和植物蓬勃气息的、诚恳的、自信

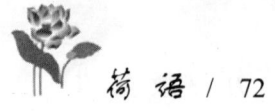

的、口才颇佳的马文,遁失到哪里去了?我坐在一边,见此情形,很是不安和着急。

幸好这件事,后来没有下文。对于这个结果,我既觉得不知怎么解释和安抚马文,很后悔不该冒冒失失地做这个介绍人,却也暗中松了一口气。我想,要是那女孩答应下来,我可能就害了马文一辈子。让马文战战兢兢地抱得美人归,如履薄冰地伺候陪奉她一辈子,于马文,又有什么意思呢?

我又想起曾经去过的马文的家。那个傍晚,我们到的时候,马文的父亲正从地里回来,他卷着裤管的腿上,犹粘着泥巴,扛在肩上的锄头的一头,挑着的是一捆地里现摘的清鲜的蔬菜。马文的母亲正在喂一群鸡仔,鸡仔不时会淘气地跳上来,啄食粘在她斑驳围裙上的饲料颗粒。两个老实的农家人,面露拘谨的笑容,讷讷地迎接我们。如果马文与那女孩成了秦晋之好,不知这两个天然质朴的人,这两个一辈子几乎没有走出过山村的人,要怎么惴惴不安地来迎候那俊美清傲的女孩?

马文后来和一个同是农家出身在企业做职员的女孩结婚了。我第一次看到那个平凡的女孩,是他们俩一道走在街上购置结婚用品的时候。那个结实红润的女孩,两手拿了满满当当的东西,汗涔涔的脸上笑容质朴得有些乡气。我看了她一眼,心想,这姑娘可能很贤惠纯朴,但缺乏与马文相通的灵犀,因此,我为才华横溢的马文感到略微的可惜。可又想,马文与这姑娘在一起,估计会有一个照料得很好的家。画外的马文,也不是不食人间烟火。况且,许多大学者大文人不也与操持柴米油盐的妻子相处得很融洽恩爱。并且,这姑娘身上有一种能和马文的家相融的气场——如果作为独子的马文要为他家挑选一个好儿媳妇的话。这是一眼就可以看出来的。

马文结婚后,很快有了小孩。那小孩长得像不很帅的他,却如他一样有双灵气的大眼睛,如母亲一般结实、红润,很招人喜欢。马文很疼爱这个小孩,叫他马小文,文友们聚会,马文总把这小孩抱在自己的膝头上,但仿佛不太在乎他的老婆。我常见他很不耐烦地呵斥他老婆——大约她不是他心仪的女人,却还是起劲地过着平凡人热闹的日子。这时我写了第二本书,而马文早已不画画了,他来跟我说,他想开茶馆。

想起那年去他山村的老家,夜晚在他山脚下的老屋院子里,泡他妹妹亲手采下来的茶,未揭开茶壶盖子,茶香已四溢。揭开白瓷茶盖,闷在滚开的热水中的茶叶,便以一股极清极净的香,猛地穿透山区晚间格外清新的空气,一股脑儿冲向高挑在天空的明月。一身清辉的明月,闻此香,大大打了一个激灵。一切就如他在他的《山村月夜品茶图》里表达的那样。于是,我热烈地说:"好!好啊!"彼时,我并不知道,马文的妻子已下岗,马文面临着一个难题。

大年初一,他来给我拜年的时候,提出要租我临街的店面开

茶叶店。正好我那店面三月份租期就到,于是我一口应承。三月开始,马文日日亲自来装修店面,把自己搞得满头满身的泥,像个农民工。每次碰到他,我都忍不住笑起来,问他:"茶叶店什么时候可以开张?"他诗性地笑说:"等门口这棵凤凰树开花,就开张!"我很喜欢这样的回答。他说这话时,灵性的眼里扬起一片风采,从他因为搞装修而一身的脏乱中破茧飞出。这也是我喜欢的。

茶叶店装修好后,他搬来当年写生画的《山村月夜品茶图》,挂在店里,给茶叶店增添了清新的山野情韵。我家门口的凤凰树开出鲜润灼红的花来时,他的茶叶店果然开张了。

马文的茶叶店开张后,一众文友时常聚到他的茶叶店,在《山村月夜品茶图》下品茶,有时顺手买几斤茶提回去。这个不画画的马文小弟,我依然很是喜欢。

茶叶店的生意不错,因此,过了两年,马文就开上白色威驰,成了我们这帮文友中较早富起来的人,很令文友们羡慕。这时,对这个已不画画的马文小弟,我差不多是佩服了。但是,静下心来的时候,还是为他弃画从商,感到惋惜。

有时候,马文开这辆白色威驰回老家载茶叶,会顺路载我们几个文友去他的乡下老家玩。有一次,马文的妹妹迎出来接我们,我一看,吃了一大惊,这个我喝过她采的茶,却未曾谋面的女孩,眉眼竟有七分像我最早给马文介绍的那女孩。只是一个是温室里

的花朵，一个是山间的野花。想起马文当时与那女孩坐在咖啡馆里相亲，马文显然对那女孩一见钟情的旧事，我终于明白马文的审美取向的来源。世上总有许多这样不可思议的事。

　　五年过去，马文发展迅速，在各地已有8家分店，已是商界准成功人士。我去参加他最近一家分店开张的那天，中午马文招待我们到酒店喝酒吃饭。吃完饭，马文顺路送我回家。马文开车，我坐在副驾座上，望着眼前笔直的大道，我不无感慨地说："马文，你的生活，如今就像这康庄大道。只是，你的画画的天赋，可惜了。""我不画，正是为了要画。我的理想是，背着画夹走天涯！"我意外地望着马文，马文撸了一把胡子拉杂的脸，肌肉结实突起的胳膊紧握着方向盘，目视前方，又说："你知道吗，我拼命开茶叶店拼命赚钱的动力，就是等赚够一家三口的生活费后，就收手，静下心来画画。"我惊喜地斜去一眼，瞅着马文说："太好了，期待你早日修成正果！"我斜过去的这眼，同时也惊惧地尽览了马文眼里满布的血丝，心颤了一下，又想起听文友们说，马文为了借贷来开新的分店，把自己住的房子都抵押出去了，心想，不知马文何时能修成正果？不知生活的艰辛，是否会蚀掉他的精力、体力？不知生意的成功，是否会替去他重拾画笔的激情？

　　（部分发表于《福建日报》2012年5月4日，原名"马文小弟"）

春来种南瓜

种南瓜的时间,是在春天。我们南方的春天,成天烟湿雨润。歇息了一冬的碧草和绿树的叶子,便在这时,拼命汲取水分,跃跃欲试地往外钻,然后意气风发,精神抖擞地和花朵们一起装扮大地和人间。我总在每年的这个时候,在我们家的后院,把肥沃的黑土拢在一起,做成一个低低的花坛。然后在花坛潮湿肥沃的黑土里埋进一颗南瓜的种子。平平常常的一颗种子,就这样,带着我无以言说的企盼和热望,安稳地躺在泥土这厚实的睡袋里。

等待一颗种子,从沉沉的黑土里拱出来,虽然只要短短几天,可是对我,那是怎样一种望穿秋水的等待啊!每天早上,我必定带着满腹话语,跟着第一缕阳光,一起去后院花坛看望仍然默默无语的种子。在那一段时日里,我彻底地明白了一件事:等待的过程,是最充满期待,也是备受煎熬的过程。但,最后,当种子奋力冲出泥土,伸出两片大绿耳朵的精灵般的脑袋,新奇地张望着这个崭新世界的样子,又是怎样突如其来的惊讶,和生机勃发的喜悦啊!

在天空刚刚脱去湿漉漉的外衣,太阳还来不及使出热烘烘的牛劲,蝉儿也才试着在蓊郁的树上胆怯地发出几声鸣叫,南瓜喇叭形的金灿灿的黄花,就粲然开放了!

跟着,七星瓢虫迈着细碎的花步,沿着橘红色金丝绒般的南瓜花瓣,向花心亦步亦趋。偶而停下来,歇一歇,看看脚下,看看前方,原来,通往锦绣前程的,是这样一条金光大道!此情此景,常让我忘掉所有的人生挫折与沮丧,又张起满满的信心的帆。

这时蜜蜂也来了。它先是嘤嘤嗡嗡地在上头盘旋,察看占据了越来越大地盘的南瓜那小绿草绳般的藤蔓和茂盛的浑身长满嫩毛刺的绿叶,然后在出其不意间,轻巧地钻进花心。眼光跟踪其后,尾随它落进花心,会赫然发现,这平素看着淳朴勤勉的家伙,竟在用毛毛的脚,轻佻地拨弄花蕊。在你几乎要生气地冲这"好色"的家伙大喝一声时,喉咙及时刹住车,突然想起了,这朵花,经它这一"拨弄",就要结果了!舌尖上,因此涌起南瓜烙又香又甜又酥的好滋味,并没来由地觉得,生活就是这个滋味。

在南瓜的这段锦绣年华里,也许你会因忙于一件什么事,或者被单位委派出差去了,暂时忘记了它。可是,等你再回来,等再记起后院里的南瓜,等到走进后院,找寻原来的那朵花,虽不见了昨日黄花,却见更多的黄花,黄盈盈地开在明晃晃的太阳底下。你在一叹一息间,脚下不经意,就踢到了一个圆溜沉实的东西。低头一看,呀,什么时候结了这么大的一个大南瓜?俯下身,低头再看，还有大大小小好几个瓜呐，不动声色地潜伏在青藤绿叶之下。

赶忙跑回厨房，拿来刀，把最大的一个割下。沉甸甸地抱回厨房时，心里满满当当是沉实的富足感，嘴里是南瓜烙、南瓜饭的甜香滋味。心花怒放的一路上喜不自禁，浮想联翩，仿佛眼前有无数只憨态可掬的南瓜灯，一齐在前方灼灼点燃。

（原发表于《福建日报》2012年4月13日，《散文时代》2012年第3期）

林家包子

我还在学校教书的时候,每天去学校,都要穿过一条拥挤嘈杂的小街。

有一天,我骑了车弯弯绕绕地走过小街,忽然看到有一块招牌,上写:"林家铺子",是个卖肉包子的小店铺。心下暗笑:茅盾的名著,搬到小街来了!

那阵子,我正搬了茅盾的名著出来重温。

到了学校年段办公室,正好早读下课,同事们纷纷走回办公室,我笑着说:"别看我们这条街杂乱不堪,现在都有文学名著了。有个肉包子店,叫'林家铺子',快来吃'林家铺子'的肉包!""哈哈哈,那是我婶婶开的包子店,叫'林家包子'!"小林笑岔了气,正在喝的一口水从嘴巴和鼻子喷薄而出,捂着胸口大叫:"哎呀呀……"

那时候,我和小林,谁也没有想过,我闹的这个笑话,竟会一语成谶。

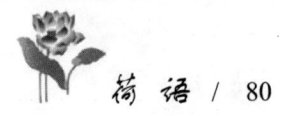

隔一日,轮到我看早读,我早饭也没吃,早早就骑了车出门,往学校赶。骑过小街时,忽然看到"林家包子",人家写的确实是"林家包子",自己也笑起来,觉得特有趣,于是,停车,顺手买了10个包子,打算与年段看早读的同事们共同享用。

这包子,热腾腾的,个头不大,松软的皮,新鲜瘦肉和洋葱的馅,还兜着一汪鲜甜的汤头,其鲜香爽滑可口自是与别家不同。早早到校,还没来得及吃早饭的老师,大家边抓过去吃,边不住地啧啧称赞。

从此凡轮到看早自习,"林家包子"的包子便成了我的早餐。

有时,我是看完早自习又上完我自己的头两节课,在回家的路上,才顺路到"林家包子"吃包子当早餐。这时候,我才有时间,坐下来好好欣赏小林的婶婶做生意。

小林的婶婶是个丰腴的女人,她平素总是穿着黑衣黑裙。这黑色衣裙,配上她白皙的肤色,一丝不乱地往上梳去,高高在头上盘起的发髻,使她成了个蛮有韵味的女人。林家包子店基本上是小林婶婶在操持。小林婶婶是个利索的女人,偌大一个冒着蒸汽的大蒸笼,她抓住蒸笼的两端,一呵气,两手往上,便举重若轻地端了起来,再迅疾地倒扣在等候在一边的另一个大蒸笼上,然后手脚麻利地捡给在一旁早已等不及的客人。她的那双丰润的雪白的手,在腾腾的热气中,啪哒啪哒地捡包子给顾客,真是好看呀!我还未回味过来,一大笼的包子,已卖光了。剩下几个绽开了皮,掉出一些馅,流出一些汤来的,她快快地捡起来,顺手就递给一旁看热闹的小孩。那都是些邻居的孩子。要是来个小些的孩子,她便要逗他(她)一下,把包子递到他(她)手上,又快速缩回,定要小孩叫她一声"姨",才再朝那双贪馋的眼睛递去。因此,她在小街上有很好的人缘。逢到她忙得顾不过来,就有正站在一旁看的邻居,主动站出来帮她收钱找钱,帮她撑开装包子的袋子。

我每次看着她用爽快利落的动作,使干着的重活粗活,变得轻巧美妙起来,对人说话时,露出的满口整齐的白牙,越是看着小孩吃包子贪馋的样子,越是笑微微的眼神,我就在心中赞叹:多么可爱的女人!

有时,我坐在包子店里边吃包子,边看里里外外忙乎的她,看她裸露在黑衣黑裙之外的白皙丰腴的脸、脖子、胳膊、腿,觉得她的皮肤简直白得像雪啊!不知那样的皮肤摸在手里,是包子那样的温热柔软还是棉花那样的厚实绵软?

不知她老公长个啥样子?

那天,我上完课,坐在"林家包子"吃包子。嘴里吃着美味的包子,心里回味多年前看陆文夫的《美食家》,眼望着外面人烟稠密的小街,我的心,忽地狂乱地跳了一下,在师生一道没命地往高考的独木桥奔去的学校里的教职,确实不是我内心的向往,在这样人烟稠密、生机盎然的小街,拥有一个自己的店铺,

做全城最让人津津乐道的包子，这才是我的理想啊！

我正这么边吃包子，边胡乱想着的时候，我的眼角的余光，扫到一个肤色较黑、尖嘴猴腮的男人。我惊讶地转头看了一下，这男人虽尖嘴猴腮，却有张特大号的嘴，正狮子大开口般地狠咬着一只包子，一只包子，几乎塞满他一口，那吃相，真恶心人。我连忙咽下最后一口包子，打算快快走人。这时，一个穿黄蒙蒙的短裙，用黄艳艳的缎带扎出两个小羊角一般的翘小辫，五官酷似小林婶婶的，粉团一般的小女孩跑了进来，她一进来，便直奔尖嘴猴腮而去，抓着他的手，用童稚的声音撒娇地叫着"爸爸，爸爸"，缠着他要零花钱。

在我们喜欢的，或者因为看惯而喜欢的人中，当有一天他（她）的另一半，从他（她）的背后突然走到你的面前来，常会有对那另一半的容貌失望得让你哑口无言的情况出现。所以在看到小林婶婶的老公之前，我有多年的经验做心理铺垫。

可是，由这个男人来做小林婶婶的老公，我还是吓了天大的一跳。我尽力平静着，忍着，不让吃下去的东西，呕出来。

这之后，我就常见这男人来给小林婶婶做帮手。

再后来，店里陆续来了两个外地的小妹，这个店也向右扩了一个店面，生意做得更大了。不过，包子仿佛没有以前好吃了，包子里的那包汤不那么甜了，包子里的瘦肉，也有些不地道了。

忽有一阵，我发现，"林家包子"的包子有很大的改变，简直就像三毛在《饺子大王》里写的那样：皮厚如城墙，肉干似废弹，吃起来，洋葱吱吱响。我想找小林婶婶问问，却几次都没见到小林婶婶，也不见过去常来帮忙的邻居。后来才听隔壁炸油条的吴胖子告诉我：小林婶婶与老公离婚了，因为她老公和店里的小妹睡在一起时被她抓了个正着。现在家里的房子和女儿归她，店归她老公。她老公和那小妹，就在店里住在了一起。现在是这两个人一个做包子，一个卖包子。一副雄心勃勃的样子。

"林家包子"却没有在他们的雄心勃勃中发达起来，相反，烟火蒸腾、笑语喧声迅速寥落下来。

忽一日，我从街上经过时，赫然看到"林家包子"真变成"林家铺子"，真正的茅盾名著！卖的呢，也是包子，皮包。我几乎傻了眼。可是那些包子，真皮，假皮，林林总总，应有尽有，理直气壮地挂着，摆着各种各样POSE。店呢，也经过了装修，显出一些档次，至少在这条嘈杂的小街，它是鹤立鸡群的。总之，一切像是下了大力气，把大本钱都压上去的样子，要把大钱赚回来的样子。只是哪里都让人感觉有些底气不足的虚张声势。

店里虽有些顾客，却基本上是些看看，摸摸，然后淡漠地走人的顾客。当日的烟火蒸腾，笑语喧声，仿如隔世。

我以为这"包子"店易主了，然而，没有，一回头，那对男女，就站在我背后。这两个人，虽然看上去衣着还体面，脸上也笑着，但眼里的光，却让我暗自吓了一跳，那里藏了些穷途末路的凶相。

不久，茅盾名著，悄然从这条小街消失了。

"怀念你婶婶的包子啊！"有一天，我用美食家对美食无限留恋的口吻对同事小林说。"她的新包子店又开张了，在南门那儿，你一问，就知道。"小林老师低头在改作业，平淡平静地说。

再见到小林婶婶，是在她新开张的店里。这个店，比起以前的"林家包子"，小多了，光线也差。小林婶婶依旧是黑色衣裙，肤色倒还是白皙。店里顾客不少，仿佛生意还不错。小林婶婶默默地忙着，面容有些憔悴，盘在头顶上的头发，有点凌乱，打不起精神来的样子。我走进去，跟她打招呼，买包子。她仿佛不认识我一般地看了我一下，曾经总是笑微微的眼睛里神情漠然。

看来，这一场婚变，对她的伤害是不轻的。

真不知，那尖嘴猴腮的男人有哪点好？

或者，她真正受伤的是，连这样下三滥的男人，也背叛她，离开她！

（原发表于《重庆散文》2011年第3期）

五花十里香

在一个春雨霏霏的周日上午，我跟着朋友，偶然闯入他们的家。

这个家，门前是一棵半人高的茶树，开满雪白的茶花。霏霏细雨中的白色茶花，一朵一朵，真是白璧无瑕！落在花瓣上的雨珠，颗颗晶莹澄澈，真正的一尘不染！进入客厅的前廊，墙上嵌着一块不大的古朴的木匾，上书"雨庐"。此情此景，"雨庐"名之，多么贴切！

走进这个家，才发现，他们的家，既没有高档的装修，甚至连中档的装修也没有。灯，是最原始的灯泡，连漂亮的罩子也没配一个。可是，这个家里的书、画、鲜花，客厅里别致地借用了绿萝藤蔓做的窗帘，每一个细节，都浸透了文化的芬芳。潜心水墨画和醉心茶壶收藏的先生和太太一色的布衣、布裤、布鞋，质朴、天然中有一股不粘一粒油星子的风韵，并且，看上去，太太还要比先生更不食人间烟火一些。细看了他们的家、男女主人，

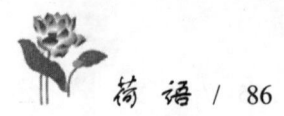

再回首望一眼庭院，除一株满缀雪白茶花的茶树，再就是浅黄嫩绿的碧草了。看似寂寂，却自有怡然的神态和葳蕤的活力，极富夫妻两人的神韵。

男人们去看先生的画廊，讲究先生到过的地方。我在太太的茶舍里，看太太的收藏。或精美绝伦，或古朴藏拙的茶壶，几乎都摄住了我的一段魂魄。大家参观完先生的画廊，再回到古雅的茶舍，坐下喝茶，不住啧啧称赞。我则趁大家喝茶之机，征得主人同意，独去浏览品味这个家。但见这个家，不见一丝与孩童或第三人相关的物件，心下便有某种疑惑和预感，忍了忍，还是在她和善的眼光中，试探地提出疑问："你家小孩呢？""我们没有小孩。"太太目光清净坦然，"我们是远房表姐弟，从小相亲相爱，长大后，别无选择，只有结婚。但这不是没有小孩的理由，还可以抱养。主要是看不得带小孩来世上受苦。"我想起三毛的话，便说，以前三毛说，她没有小孩，不是她不爱小孩，而是太爱小孩，不忍带他（她）到这个世界来受苦。我当时以为这是她矫情的话。多年为人父母下来，才知道这话的真确。

"第一次有人跟我这样说"，太太的双眼忽地潮湿晶亮起来，她告诉我："我们这样的生活观念，这样的活法，经受了外人无法想像的压力。所以，我有了心事，便去跟佛说。"说着，她带我去二楼看她的佛堂。我跟着她走上一尘不染的雪白的二楼，如走进云端。上到二楼，我闻见细细的香从最西的一间悠悠飘出，我想，那就是佛堂了。果然，太太带着我，轻轻推开那间的门。我们站在佛前说话，她告诉我，这里请回来的物件都有来历。太太的话，轻轻地落在我的心上，我心一动，觉得我和太太仿佛认识于前世一般。

别说这些精雅博大的收藏，这不俗的品味，参透了的人生，单是这栋隐于市的老别墅，就不是一般人能拥有的。所以，我以为太太或先生是富二代或侨二代，或根本就是隐居的高官后代。我微露出点儿口风来，太太便安静地笑了起来，说，在上个世纪九十年代到达厦门火车站的时候，她和先生两个人口袋里的钱加起来还不足两千元，那还是变卖了老家家当的钱。那时，先生的理想是画画，她的理想是开茶馆兼收藏茶壶。可是，两千元，连一块理想之门的敲门砖都买不起。于是，他们借了一身债，开起了餐馆。

我无法将这两个不食人间烟火的人跟在油烟中操持着一个餐馆并奋力向"钱"的人联系在一起，在我的目瞪口呆中，太太平静地告诉我，他们工作十五年，却洒下别人三十年的汗水，白天连着黑夜没命地干！他们餐馆里做的五香条，叫"五花十里香"，就是她在那些年练就的看家本领。啊，我失声惊叫，那是过去十几年我们这一带特别有名的熟食，我家来了远地的客人，我差不多都要和母亲到菜市场他们的摊位上买回"五花十里香"。"五花十里香"，那声名，何止是十里飘香，百里万里都能飘香。当时，我觉得那名字起得特别诗意，暗自想过，那名字

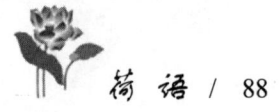

里必是藏了一对诗心的翅膀。后来"五花十里香"可以叫外卖,我便急切地问来送外卖的伙计为什么叫这么个名字。伙计回答说,是因为用五花肉做的馅。我心中虽然失望、失落,诗意的心小小地受了打击,然而也信了——他们家伙计说的,还能假?后来,"五花十里香"突然消失。深深的遗憾之外,我想当然地以为,大约是经营上出了问题。太太微笑地瞄了眼我震惊的神情,又波澜不惊地告诉我:"我们四十五岁的时候(太太比先生年长六个月)坚决收手,及时退休。"从此先生画画摄影,太太收藏茶壶。时间算起来,正好是"五花十里香"消失的时候。

  自在,她说,如今我们的生活是,自在。

  观音菩萨的别称,可不是"观自在",自在,不就是人生的最高境界?可是,要知道,"自在"二字就如同高僧圆寂后的"舍利子",它来自忍受常年油锅煎熬的两颗特别清逸的心;它来自青春的容颜禁当得起烟熏和火燎;它来自重压下对真爱的发现和坚守;它更来自能适时鸣金收兵,激流勇退;它更来自经年的修积和醒世的顿悟。

林洋与白小凤的木麻黄

每个人都有童年。有的人的童年，五光十色。白小凤的童年，是一片绿，一片绿色的木麻黄。

不知为什么，白小凤从一出生，她的家就孤零零地、颓丧地伫立在村子的最北端。长大后，这也使她自卑，在她原来的自卑之上，雪上加霜。有时候，她会猜想，这一定又是因为她家的成分不好——富农（她一直都想不通，她家贫得只徒四壁，怎么是富农）。不过，这也有让她宽慰的一面，她家的后面，有一片绿森森的木麻黄。没有人能像她那样，能在哽咽的当儿，憋着一口气，跑到木麻黄里，才放出声来痛哭。有一个可以肆意哭泣的地方，也好啊！还有，有了说不出的苦恼的时候，可以在木麻黄林子里呆着，直到苦恼像海水退潮那样，从头向脚退去，才走出林子，回来。

白小凤读到小学毕业，便辍学了。学校又开学的那天，她正在门口喂鸭子，同学结伴去中学读书，她们说说笑笑地打她面前

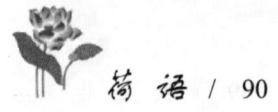

走过,在身后扬下了一片欢乐的碎片。这些欢乐的碎片,像粗暴的冷雨,全狠狠地甩在她的脸上。白小凤往她们身上瞟了一眼后,就忙用冰凉的小手,捂住自己的嘴,一口气跑到木麻黄地里,才冲破呜咽,放声大哭。

那个叫林洋的男孩,那天正好逃学,他手执弹弓,在木麻黄地里停停跑跑,追逐弹射歇在树上的麻雀。听到白小凤的痛哭,他以为发生什么天大的事,心中七上八下地走过去。当问清楚哭泣的原因,他差点笑出声来。他大声地告诉她:"上学有什么好?我逃出来了,还怕我妈知道打我哩!"他呵呵呵拼命忍着笑才说完。他那有趣的样子,使她差点破涕为笑。女孩的嘴唇抽动了一下,眼泪还是簌簌地落下来。林洋很是惊慌,不知所措,眼睛乌溜溜地转了转后,突然转身跑开。一会儿,又回来,兴冲冲地拿来一茬木麻黄针叶。他碰了碰她的手肘,脸露笨笨的讨好的笑容,说:"猜猜看,这茬木麻黄的针叶,哪一节是接上的?"这个笨拙又可爱的游戏,使哭红了眼睛的白小凤再也忍不住破涕为笑。挂在腮帮上的两颗泪,颤颤的,在阳光中闪着晶莹剔透的光。

后来,他们常常像两个傻瓜那样,做着这样的小把戏。

一个男孩和一个女孩,要这么自由自在地嬉闹在一处,那只有在木麻黄林子里了。所以,大约有一年的时间,辍学的白小凤和常常逃学的林洋,最快乐的时候,就在木麻黄林子里。林洋最喜欢做的事,是从家里偷了地瓜,藏于书包,带到林子里来,用木麻黄干枯的枝叶烧熟了，单给白小凤吃。他还在林子里，用弹弓射下麻雀，烤得香喷喷的，与她撕着吃。每当看到白小凤香甜起劲而又节制地吃，每当看到白小凤吃着吃着露出几颗贝齿，白百合开花般地笑起来，林洋就乐得浑身是劲儿。

白小凤最喜欢做的事，是让林洋闭上眼睛，跟着她安安静静地听风穿梭过无数的"绿针"，所发出的一波一波"哗哗哗"的声音。林洋的脸上，是梦幻般的懵懂；白小凤的眸子里，是微微的沉醉，心中则是大浪淘沙、万马千军。林洋有时会突然睁开眼睛，窥探一下白小凤的脸色，然后淘气地大叫一声："鬼来了！"突兀的惊吓后，白小凤会不甘心地用细长的胳膊"啪啪啪"地笑着打他的胳膊，林洋呵呵呵笑着，四处躲着她。白小凤还喜欢带林洋看夕阳，看到黄昏忽地特别明艳起来的夕阳将木麻黄的针叶投影在地上，如万千的金针银针。看着林洋那黑一道灰一道的稚气脸神和懵懵懂懂的眼睛，白小凤常常变得喜悦柔和一片。

欢乐的时光，总是如此短暂。

有一天，林洋未像往常那样，从家里"偷"出地瓜，掩在衣襟里，神出鬼没地飘进木麻黄地里；也未高举着弹弓，兴冲冲地飞进木麻黄地里。他捧着满满一兜书，心事重重地来到木麻黄林子里，来到他们时常见面的地方。林洋低着头，啜啜嚅嚅地告诉白小凤说，他以后不能再来陪她玩了。为什么？其实白小凤已意料到了，她早已意料到会有这一天。因为自己是富农的孙女，她

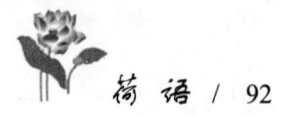

早已没有了其他玩伴。可是,白小凤还是煞白着脸,裂帛一般地惊叫:"为什么?"眼里随即迸出热热的泪,一珠一珠,辣辣地掉落下来。"为什么?"这一句话,是她唯一能捞到的一根稻草。林洋红了眼圈,头更低了,却又提高了声音,急切地有些语无伦次地说:"这些书,我姨从北京带来的,全,全给你!"她抖着手,捧过书,慢慢地收了泪,又慢慢地带着一颗疼痛极了的心,坐到木麻黄树下。白小凤翻开书,读着读着,读到不知林洋何时离开了她,离开了木麻黄地;读到心慢慢变得麻木,又慢慢苏醒过来;读到黄昏来临;读到"突然,白雪公主从口中吐出了吃进去的苹果。原来是王子对公主的爱,使毒苹果失去了效力,公主也逐渐恢复了体温,睁开明亮的双眼……"已天昏地暗,文字模糊,自己也泪眼模糊,而心,却是从未有过的安宁和美。原来,人活着,除了林洋,除了木麻黄,还可以有这么一个奇幻瑰丽的世界!

　　之后不久的一天,贫病交加的富农爷爷死了,只剩她和爸爸(妈妈在她三岁的时候,忍受不住无尽的白眼,离家出走,从此音信全无)。有一天,住在城里的表姑来了,来跟爸爸商量把她接到城里去读中学。表姑拉过站在门边的白小凤的手,问:"想到城里读书吗?"白小凤回头忧愁地瞅了一眼黝黑衰老的父亲,又瞥了一眼面前陌生的表姑,"读书"两字"唰"地一声,像一只从心中乘风飞向辽远天空的风筝。白小凤鬼使神差地静默地点下了头。

　　到了城里,白小凤被表姑安置在一间素洁的小房间里。过了好久,她才知道,这是表姑的独生女儿的房间,她只比自己大一岁,一年前死于白血病。白小凤从此被表姑收养,成了那个家里有爸有妈的"孤女"。

　　白小凤住在城里,夜晚的梦中,总有那片木麻黄,和那个拿着弹弓的男孩。可是,此后,她除了做梦,再也没有见到那个拿着弹弓的男孩。

　　长大后,白小凤给报刊写文章,笔名就叫"木麻黄"。

　　长大后的林洋,在北方的一个城市工作,他一直收集着南方沿海另一个城市一个叫木麻黄的女孩写的散发着淡淡忧伤的文章。有时,为了买到刊登这个女孩文章的刊物,他顶着烈日,从城西狂奔到城东。直到钟爱的女友以分手为警告,他才歇手。他也想真的忘却那片木麻黄,以及木麻黄下的那个女孩,不拿过去的记忆,以及对这一记忆无谓的追逐,侵蚀他现有的光润圆满的生活。可是,有些东西,你不让它长在表皮,它便钻入你的心中。比如,那片木麻黄,不知不觉地植入他心中那块无人知晓的地方并且日益高大茂盛。木麻黄的下面,永远有个叫白小凤的白百合一般的女孩。

　　又过了许多年,林洋差不多能对着心中的那一片木麻黄平静下来的时候,有一天,他徜徉在书店里,他的目光忽然被畅销书架上的一本书紧紧吸住。那本书,封面上,梦幻般的白底上有一片更加梦幻的碧森森的木麻黄。林洋看得血往上涌,急奔过去,颤着双手,捧起最上面的一本,抖着手指头打开,书的第一篇,标题是"林洋与白小凤的木麻黄"。作者,当然,是那个笔名叫木麻黄的女孩!

不知何时,妻子带着儿子走了过来。她站在愣愣地看着那篇文章的林洋身边,跟着看了好一会儿,然后伸出凉润的手指,轻轻抚过书页,嗓音柔和地说:"买下来吧!"

林洋伸出自己宽厚的手掌,一把握住那凉润的手指,如握住一把木麻黄的纤纤针叶。

(部分发表于《平潭时报》2012年3月7日,原名"岁月流转木麻黄")

我的福丫

  四十七岁的秀秀,和她十五岁的福丫站在一起,就像一枚小巧的鸡蛋和一坨硕大的鹅蛋并放在一起。

  秀秀二十岁的时候,嫁给了同村的英俊后生陈海生。二十一岁生下大女儿陈福梅,隔了十一年,才又生下二女儿陈福兰。可惜,怀二女儿三个月的时候,丈夫陈海生不幸病故。秀秀在悲痛欲绝中,苦撑了七个月,剖腹产下福兰。福兰小时候,特别招人喜欢,简直就像后来北京奥运会的吉祥物福娃,人人见了,都要停下来,逗逗她。随着一岁一岁长大,人们才看出了她的畸形肥胖。简直没人相信,肤色雪白、身姿柔美、手巧心灵的秀秀竟会生下这肉墩墩的东西来。就是大女儿,虽不及母亲秀秀俊美,然也是个清雅的女孩。

  秀秀遍寻方药名医,多年医治下来,福兰依然食大如牛,呼呼发胖,憨憨糊糊,却把家捣腾个精光。后来秀秀再把悲愁的目光,扫过她的身子,读到高中毕业的秀秀,终于明白了,恐怕是

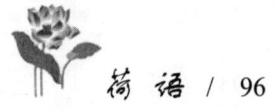

当年伤心过度导致基因突变所致,因而,也就认命了。只是总是愁着,自己将来先走时,福兰这孽障,可怎么办?

福兰10岁时,有一天,秀秀从溪里洗了一篮子衣裳回来,刚到门口,就瞧见一群小不点,跟在福兰身旁背后,对着一堆小山包一般的福兰,闹闹嚷嚷,麻雀般地乱叫:"胖丫胖丫……"像戏耍追逐一个疯子一般。秀秀这才知道,自己错了,不该从小信口胡叫她"胖丫"。秀秀忽然又一眼瞥见,有两个小不点,正朝福兰头上撒沙子,朝她身上扔小石头。秀秀的脸,立时垮了下来。秀秀进屋,顿下竹篮,抄起一把棍棒,正想追出去,震吓那群孩子。可是,想想,又颓然放下,泪漫上来——她能时时刻刻把福兰带在身边吗,她能护着她一辈子吗?秀秀擦了擦潮湿的眼角,折进厨房,扒开柜门,抓起一把中午炒的豆子,又出门来了。她把门口追逐嬉闹的孩子都招呼了过来,在每一只小手掌心里点下几颗豆子,最后把剩的小半把给福兰。秀秀和气地对大家说:"叫她福丫吧,孩子们。"孩子们嚼着香香的豆子,促狭鄙夷的目光羞怯了,柔软了。从此,口口相传,大家不叫福兰"胖丫",叫"福丫"——有福的丫头!

四十出头的秀秀依然有着一头浓密如丝的黑发和一般农家妇女没有的怎么也晒不黑的白净皮肤,因此,不断有人登门求亲。媒人带秀秀去看一户人家,当她看到安静的天井,洗得润红润红的红砖地板时,秀秀没来由的就喜欢上那个家——她梦想之中的家。秀秀几乎立即就应承下来。这是多年来没有过的事。

男人是粗壮实诚的男人,他看福丫的眼光是热乎的,不见嫌厌之光。于是,在订婚的那一夜,秀秀便把自己给了他。事后,躺在男人那张有些油腻味的大床上,秀秀细细地抚摸着自己依然光滑饱满的身体,庆幸地想,幸好还有这身好皮囊,给自己和福兰换来个不错的家。

男人果然对秀秀很好,对福兰也亲热,一如他自己的儿子。秀秀嫁到男人家来,一晃几个月过去了,一年过去了,阳春三月来了,树青了,水亮了,桃花开了一树一树红云,也开在了秀秀的双颊上。

年轻的时候,秀秀也嫁了个好丈夫,但是,两人都是在青春的年龄,对男女的事情莽撞而无知,秀秀只觉得更多的是在尽妻子的义务和为丈夫生儿育女。后来没了丈夫,单纯从女人的欲望上,十几年熬下来,也不太难过。再次嫁人,半是过怕了穷日子,半是实在喜欢那安静、宽敞、透亮的屋舍。哪里知道,除此之外,还有这枚果实,如此甜糜醉人。有男人,真好啊!秀秀在红砖洗得红润发亮的家里打理家务;在安静光亮的天井里做针线,做着做着,就想起两人在一起的事情,白皙的脸上,蓦地飞起彤云。才半年,秀秀就变得容光焕发,有些皱缩的皮肤又舒展开来,光润起来。

秀秀哄骗逼压着福丫,要她认真而恭敬地喊他"爸",亲亲热热地喊那男孩"哥"。秀秀私底下希望,这样喊着喊着,能从

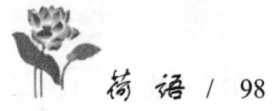

日日的一呼一应中生出一份相濡以沫的亲情来，万一自己先走了，福丫还能有一碗饭吃，有一间房住，多两个亲人。大女儿福梅，大学毕业，嫁在厦门。虽是亲姐妹，然而城市里租来的房子狭小，怎容得下庞大的福兰。况且福梅在私营企业打工，一个月赚三千块钱不到。在厦门，除去租房，已所剩无几。

男人要着人去小店铺买包烟，买个打火机，秀秀乐意为他做这些，可她统统改派福丫去。她希望福丫用憨傻的勤快，在继父心头加分。哥哥的衣服脏了，她差福丫去抱来洗。秀秀暗地里想，这样，做哥哥的成了家里的顶梁柱后，会记得这个妹妹的好。

在这个男人第一次给福丫舒展开一个默然的笑容的时候，秀秀就眼眶热热地想，她要好好地爱这个男人。可是，有一天，她看到他的手，似乎只是在疼爱地抚摸福丫胖乎乎的脸蛋，可那裸露的粗壮的胳膊却蹭在福丫那半露在无领T恤领口的雪白硕大的乳房上。大胖雪人一般的福丫，只是无知无觉、憨憨痴痴地站在天井里傻笑。秀秀羞臊得满脸通红，忙连夜把缝纫机踩得飞快，熬红了一双眼睛，硬是给福丫赶出一条孕妇一般肥大的裤子，工装裤的式样。第二天，福丫就穿上了一条有一片往上长的布，严严实实地遮住了她肥大得要挤爆衣裳的胸乳的裤子。穿上工装裤的福丫，看上去又大方又孩童，真有几分讨人喜欢。更重要的是，她肥滚滚的身体，从此再没露出不该露的地方来。

可是，秀秀还是骇异地看到，他粗壮的胳膊，还是有意无意地停靠或滑过福丫肥硕的胸乳。有一天,秀秀正在厨房洗碗,偶然抬头,目光散向窗户之外,恰好看到男人干脆用五个张开的粗硬的手指头,隔衣抓掐福丫肥颤颤的乳房,脸上浮起一层淫秽的笑。福丫只似乎疼痛似乎痒痒一般地在那里哼哼唧唧,憨憨糊糊毫无羞涩。秀秀大惊失色,雪白如兰的脸,瞬间成了猪肝色。秀秀羞愤交加地大叫:"福丫,快来洗碗!"

秀秀明白了,福丫那承继自己的白皙和畸形的肥胖,使得那凝脂一般硕大的乳房成了男人的罂粟,具有致命的诱惑力。除了给福丫穿工装裤,秀秀还反复地用最浅显的方式教导福丫不让任何男人随便碰触身体。对于往后的日子,秀秀真正地惊心而发愁了。因为带福丫再嫁,早已冒犯了前夫家的婆婆。原来的两间旧屋,已不能再容身。

这时,大女儿临产,打电话来,要母亲秀秀去伺候月子。真是天无绝人之路,真是柳暗花明啊!

秀秀带了福丫,一路辗转,来到厦门。秀秀想自己还能给福梅做饭带孩子,就此带着福丫留在福梅家里,也是一条生路。秀秀格外严苛地教导福丫,要她做家里所有的粗活重活。哪天自己先走了,好歹亲姐还可以倚靠。

过了些日子,秀秀发现,女婿吃饭的时候,总端了饭碗,凑到电视机前,只大大地夹了一筷子菜,就很少再上桌来。秀秀后来发现,那和福丫有关。只要福丫坐在桌边吃饭,女婿那俊朗的面孔就会走样,就会笼罩在一层极力掩饰却又不能掩饰的难堪和

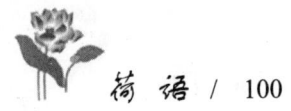

厌恶的云雾中。福丫肥胖笨重的身子,占去餐桌的半壁江山,那胡吃海喝的贪馋相就更不用说。姐姐打小看惯了,况且一母所生,当然无话。姐夫到底是外姓,从小不在一起长大,也怪不得他,只能怪自己,太想当然了,以为带了福丫来,让她勤快地给姐姐帮忙,给姐夫好印象,母女俩就能留下来,将来自己老了,不在了,福丫还可靠亲姐和姐夫。

秀秀开始每顿不着痕迹地,另外安排福丫在狭小的厨房里,就着另外盛出来的汤菜,站着快快扒拉下几碗饭,不让女婿生厌,影响小夫妻的感情。自己则更加起早贪黑地操持家务,精心地照料女儿、小外孙,不让女儿有一点察觉。

可是,有一天,秀秀夜里起床上卫生间,听到女儿女婿关在门里激烈争吵。在女儿女婿压低的沉闷而模糊的气愤怨恨声中,几次格外清晰地听到女儿女婿叫着"福丫"的名字,秀秀全然明白了。

幸好外孙子也满月了,秀秀怀抱着小外孙陶醉地摇晃着,一边从容和悦地告诉女儿女婿,说她想家了,得带福丫回家一趟,看看老人。

听到女儿女婿吵架的隔天,秀秀悄然回了趟婆婆家,红着眼睛跟婆婆说明情况,央婆婆暂且收留福丫:"就当他爸留下来的一头牲畜养吧,妈,好歹是海生的一点骨血!"秀秀含了满眶的热泪说,"我去城里打工,安顿下来就接她去,不拖累您老的。""回来吧,我也知道你不容易",婆婆说。

好在秀秀嫁给那男人时只是简单地请了两桌街坊邻居,并未登记结婚。秀秀带了福丫,直接从厦门回到婆婆那里。回去后不久,一天夜里,病得几乎不能动弹的婆婆,用那干枯得只剩坚硬骨节和蚯蚓般粗筋的手,哆哆嗦嗦地拿了个盒子交在秀秀手里。"带了福丫到城里去,租间店面,自个儿谋生去吧。"婆婆说,"就这穷山恶水,就咱家的这两间破房,将来你老了,福丫只有饿死。"秀秀疑惑地打开盒子,盒里闪出一片金光,耀眼夺目。秀秀惊讶得目瞪口呆,原来,盒子里躺着十几只金闪闪的戒指。秀秀一把掩上盒子,伏在盒盖上,嘤嘤哭泣。她明白了村里关于婆婆旧时是卖身女人的传说,她哭自己不该像村里人那样鄙视婆婆的身世,哭自己不该在婆婆老来无依的时候带福丫再嫁离家。

秀秀安葬了婆婆,带了福丫到城里开店,卖水饺。包水饺是秀秀打小从母亲那学来的绝活,包得快捷,花样繁多,漂亮别致。馅呢,调配得既大众又可口。

秀秀每天带福丫去菜市场买肉,和福丫一起分辨肉的成色,教导她不买死猪肉——无论那肉多么便宜。切肉时,看到不好的肉瘤子、血管,都要她把这些切掉。秀秀要福丫把韭菜洗得水灵灵光鲜鲜,看到韭菜细长的叶子上发黄的尾尖,就边掐去,边告诫福丫:"把这掐掉,要不,吃到肚子里,长虫子哩。"秀秀教福丫包饺子,训导她把指甲缝掏洗得干干净净,然后凹着肥厚白皙的大手掌,托住面皮,塞进一勺的馅,含住,一点一点地揉合

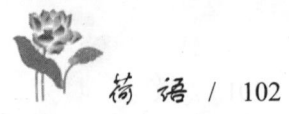

两片面皮,掐出花样来。秀秀要福丫惜福修积,不做缺德事。

教得吃力时,秀秀满头大汗地颓然坐在椅子上,想,就当一头猪一只狗教吧,好在时间是自己的,耐心是自己的。想通了后,秀秀就又继续调教福丫,见到腿脚不灵便的奶奶们来买饺子,就要她帮忙把饺子拎回家;煮好了饺子,看到有小孩儿们跟着大人来买生鲜饺子,就要福丫先分给小孩儿们尝尝鲜。她要福丫童叟无欺,善待每个人。

吃过福丫饺子的孩子,有了好吃的,不会忘记提醒大人,分些给打门前经过的福丫姐姐;老人们遇上福丫,会抚着她一蓬棉花糖一般白胖的手,怜爱地摩挲着,慈悲地说一句:"实心的孩子天照应!"秀秀坐在店里,眼光潮潮地望出去,心中幽幽地想,就是有一天,自己眼一黑,蹬腿走了,有这些人在,福丫不至遭践啊。

秀秀的饺子好,人缘好。秀秀很快把饺子店做大了。

秀秀在城里买了房子,过上了富足的日子。有一天,那男人带儿子寻来。男人不说话,瞪着眼睛,到处张望。那儿子,低头无语,默然独坐。秀秀把窝成一小卷的一沓钱悄然放在他粗糙的手掌心里,就这样打发走他。好在那男人也没有再次胡搅蛮缠上门来,不然,秀秀又有什么法子?因此,再有人来给秀秀做媒,秀秀就笑笑说,等福丫有了可心的人!秀秀自己是嫁怕了,也明知道,福丫的幸福婚姻更是天方夜谭。

奥运会在北京举办的那年，秀秀正申请商标，她看到那憨态可掬的福娃，真像小时候的福丫。秀秀便拿出福丫小时的照片，印在装水饺的塑料袋上，把她家水饺命名为"福丫"牌。只愿"福丫牌水饺"能更深入人心，将来自己去了，福丫能多撑几年。

秀秀成了优秀民营企业家。秀秀不断招特教学校毕业的残疾人，来当工人。报纸采访秀秀时，秀秀只觉得这样做，是一件顺理成章的事，实在想不出更重大的原因，所以，只反反复复地说一句："将心比心！将心比心！"这一年县人大换届，秀秀成了县人大代表！

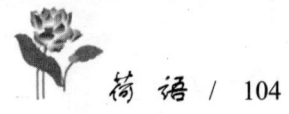

三个钟点工

那天,我想要让家政公司派人来给我做卫生,我的眼光在一排家政公司的电话号码上溜过去,在"蓝天家政公司"的名字上急刹车——蓝天,蓝天,天高云淡,一碧如洗!我希望我的家也这样清新怡人。

可是,当我打开家门,迎进蓝天家政公司派来我家做卫生的刘阿姨时,我愣了一下,这个"蓝天"不太可能给我一片一碧如洗的天空吧?橄榄形身材的刘阿姨,看上去笨拙,短发蓬乱,神情疲惫,仿佛连伸出手指头把头发捋捋整齐的意愿都没有。

钟点工做卫生,按时计价。胖而笨拙而疲惫的刘阿姨,行动有些费事,做起来很慢。看着她粗厚的手掌捏着大团抹布,慢腾腾地挖我书桌角落的灰尘时,我觉得她就像慢腾腾地搬起一块大石头,要砸死角落里的一只爬行的蚂蚁那样,费劲而别扭。我心中的闹钟,因此嘀嗒嘀嗒狂乱地转圈:一个小时二十块,两个小时四十块,三个小时六十块……像这样,洗完我的家,要几小时,要多少钱?

看她很是疲乏的神情,我忍不住问她:"刘阿姨,你一周洗几家?""每天三家,上午下午晚上。""中午没休息?一天也不休息?""就只中午停下来吃饭。"一天做三家,没有午休,没有节假日,连轴做,如果每家都打仗一般没命地干,谁受得了?难怪她休养一般地做着小时工。看着她粗朴的衣服、干枯的短发、粗糙的双手,我的心也软下来:这双手,可能要养活读书的孩子、虚弱的老人、摔伤的老公、带病的自己,也不容易。我遂移开眼睛,不去看她干活的磨叽和神情的疲惫,免得心中不是滋味。

我们这个简单的家,以前的钟点工三个小时就能搞定,可她足足做了四个小时。

完工后,她把自己关在我家公共卫生间里,我以为她要方便——虽然我不喜欢外人用我的卫生间,可不能阻止她呀!连续做四个钟头,不让上个厕所,谁受得了?可是,好一会儿不见她出来。十五分钟后,才见她慢条斯理地顶着一头湿漉漉的头发走出来。她出来后,有理有据地告诉我,她总共做了四小时又十五分钟,多出的十五分钟,要按半小时计价。我对行情并不熟悉,面红耳赤,吭哧半天,还是败下阵来,乖乖地掏出钱包。

她小心地把钱折起来,稳稳当当地装入口袋后,突然一个转身,哧地一声,用力拉开拉链,把一只又旧又脏的大布包直推到我鼻子下,口气很冲,委屈恨怨地咬着牙说:"你看,看好了,

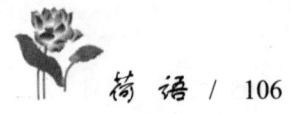

我并没拿走你家任何一样东西。可别等我走了,再说我拿了你家东西!"这个妇女,愚钝的脸上忽露凶光,横肉毕现。我被她吓了一大跳,忙放下笑脸,好言安抚。她这才平静下来,整理袋子,打算出门。可这时,她顿了顿,忽然想起什么似的,又返身回来,从裤子口袋摸出一纸小纸片,说:"下次做卫生,直接打我手机!"说着,把卡片恩赐一般地塞到我手中,这才出去。肥胖笨拙的身子移出我家时,落下一小阵熟悉的香风。啊,那是我的沐浴液和洗发水的清香!我这才明白过来,她最后的那十五分钟,那拿了我三十分钟工钱的十五分钟,是在我的浴室里洗澡,分享我的沐浴液和洗发水!

我知道,如果不通过家政公司直接把她叫来,她不必让公司抽成,赚得会多一些。我看着手中记着她电话号码的小纸片,不禁哑然失笑,想,她凭什么让我再叫她来!从此,我不但不敢叫她,连蓝天的电话也不敢打了,生怕再遇上她。

后来,另外一家家政公司派来陆阿姨。见到她站在我家门口时,我的眼前不禁一亮。她虽也衣着简朴,但身材匀整,精心修过的细细弯弯的眉毛下闪动着一双笑微微的眼睛。

虽然是计时工资,但陆阿姨干活十分麻利,仿佛不把一身的劲都使出来不痛快一般。她修长的手脚干活很协调,有一种韵律美。而在她低头抬头之间,扎在背后的长长一束有些蓬松的头发,忽左忽右,一甩一甩,把她凹凸有致柔软起伏的身段,甩出别样的韵味，这使繁琐的家务劳动轻易地变成赏心悦目的事。所以，我一边看她做，一边和她聊天，十分愉快。她告诉我，她老公跟她在同一家家政公司做事，两个孩子都带到厦门来上学。她和老公现在每个月的收入等于在老家大半年的收入。小孩在厦门读书，学校、老师都强过老家百倍，还能和厦门的孩子一样，免费上学。她言语轻快，眼眸明亮柔和。她说到唯一稍感不足的是老大太调皮，学习成绩不理想时，脸上换上埋怨的神情，眼里却依旧笑影闪动。她不时发出的爽朗的笑声，我家里像有一朵朵鲜亮的太阳花次第开放着，诗情画意便从这些平常的琐碎的家务活中腾腾升起。

我们两个人轻松而愉快地聊着，有一种相见如故的感觉。虽然这样，她的手却是一刻也不停，原来刘阿姨四个小时才能完成的活，她差十分钟三个小时就干完了。我拿工资给她，她执意要我少给五元，因为还不到三小时。

她临走时，我新出版的小说散文集正好搬到，我顺手递给她一本。她很高兴，骤然的笑容，把嘴边的两条法令纹迅速撑开，她的脸像唰地往两旁拉开窗帘后的窗户那般敞亮。我喜欢这样心中浴满阳光的人。一个心里透亮的人，就没有地方躲藏贪婪、虚假、偷窃。家，交给这样的人来打理，才放心。所以，她临走前，我主动叫她留下手机号码，以便我下次需要钟点工时直接叫她。这样，既方便我自己，又能让她多赚点钱。她非常感激地应下来，说："只要提前一天跟我说，我就安排好，过来做。"

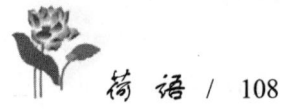

可是,下一周,我想叫她来做,打她电话怎么也打不通,不知为什么。我这才明白,一个人是很难以一眼看个透彻的。

后来,这家家政公司又派了另一个妇女来给我做卫生。她第一天站在我家门口时,我细瞅着她过长的刘海下,乌黑的瞳仁泊在澄澈的眼波里,宽宽厚厚的嘴唇,心想,这是个手艺好、肯出力气又没有过深心机的女人。她来给我做卫生的那天是个星期天,正好我的大学同学从外地来看我。那天,我做了很多菜,饭也做多了,我和我的同学两人吃后还剩了许多。于是,我们叫她先停下来,就在我家吃个便饭。

在我们一再诚恳的邀请下,又见家里也就只有我们两个年龄和她相仿的女人,她才洗了手,坐下来,吃我们剩下来的饭菜。她边吃饭,边跟我们倾诉:"你们两个真好!我的东家——我平时都在她家做,星期天休息一天,才出来再做一家。家里只有她一个人,装修得很高档,我在她家做保姆,帮她烧饭、做卫生,很轻松。但是她不让我跟她同桌吃饭。"她干咽下一口饭,又诉说:"这还不要紧。可气的是,她规定,我的客人来了,不许进她家门。昨天我儿子来了,我也只能跟他站在门口风地里说话。我就这么个儿子!"她说着,眼圈红了起来,低下头,瞅着筷子的尾端,宽而厚的嘴唇,抖抖地承载着她满心的委屈。"她很中意我做的饭菜,我辞了几次,她都开更高的工资挽留我。"她边把碗中最后一口饭扒进嘴里,边说:"但这个月我做完,怎么也要辞出来了。"她吃完后,把碗搁在桌上,抬起头,用手指把遮住眼睛的刘海顺到耳后去，目光正视着我。我这才发现，相对厚重的嘴唇，她的眼睛显得很大，眼皮双层得很匀顺，很灵秀。眼中潮红退去，分外清澈的眼波里耀着不屈的光芒，让人不禁心生敬意。

临走，我拿工钱给她，她执意要少算五块钱——因为吃了我的午饭。我当然不会收。她感激地谢了我，然后收拾了她的东西，走了。以后我多次再叫这家家政公司的人来做卫生，都没再见到派她来。可她说她只有一个儿子时眼圈泛红，厚嘴唇上承载着心中委屈的发抖的样子以及她说"这个月我做完，怎么也要辞出来"时眼里那不屈的神情，我一直不能忘记。关于这个平凡妇女的记忆，就这样，如一颗石子一般，沉淀在我的记忆中。

今年过年前，我去农贸市场买菜。买完菜，又到卖鲜花盆栽的那边转了一下，见有一个卖水仙花的妇女，她那个摊位的生意特别好，她不断卖出几球一盆和一束束鲜切下来的水仙花，所以一直低着头收钱找钱。我走过去，挑了三把鲜切水仙花，她抬头收我钱的时候，弯弯细细的眉毛下，一双笑盈盈的眼睛毫无预兆地停在阳光下。原来是陆阿姨！陆阿姨看我认出了她，脸上盛开了一朵大大的笑容，一边忙忙把三束香气浓郁的花塞到我手里，执意不收我的钱。我只好白拿了陆阿姨的三束花，芬芳四溢地回了家。

因为与陆阿姨的重逢，我愉快了好几天。

（原发表于《闽南风》2012年第3期）

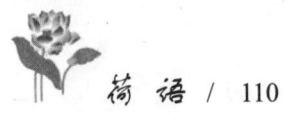

一段种菜的童话

最初沿着大露台向外的三面围墙,加厚,筑起花槽,我是对它抱大希望的。我想当然地以为,把花苗栽下去,有阳光,再加以施肥浇水,它就能长大,时令一到,就会开出芬芳的花来,使我家的露台,一如别人家的阳台,春色满园,姹紫嫣红。

可是,我前前后后在花槽里种下的几茬花,皆因种种问题,死于非命。我因此只得罢手。花槽,因此天天仰着一张黑黝黝的脸,神色黯然地呆望着我。

一日,闲来无事,从墙上挂着的一串大蒜中,剥下一些来,随意埋进泥土里。过后,也忘记了。可是,不久后的一天清晨,我突然看到蒜苗,从黑黝黝的厚土里拱出来,绿生生嫩生生的,不染一点尘埃的叶芽,如一把把出鞘的剑,笔直指向天空,那一派天真无畏,着实让我震惊。

于是,一个念头在我心中萌生,我要在养不得花的花槽中种菜。

于是，我在左边一条竖的花槽里，种了一片芹菜。芹菜齐齐整整地长到快半尺高时，已是深冬。芹菜的细杆儿，浅浅地绿得近似碧玉；而头上顶着的绿叶片儿，薄薄脆脆，弱不禁风的样子。寒风过来，它们成片地被刮得东倒西歪，狂乱舞动。阵风过去，整片只是纷乱一些，却也不见折损，百折不屈的样子。这让我心生爱怜的同时，也心生一丝敬意。

狂风过去，花槽里落下芹菜的淡淡清香，这时，我退而求其次地，认命地想，没有花，没有花香，闻闻蔬菜的清香，也好。

右边的花槽，我在那里种辣椒。朝天椒，朝天长的果实，成熟时，其形虽如一枚欲朝着天空发射的子弹，但也因其红艳、玲珑、娇俏，十分可人。这样娇艳的小东西，却是极端的辣，炒菜时多放一点，能把人辣出一大把眼泪。我因此再在花槽前看它，都是仅仅远观，不敢随意伸手亵渎它。

丝瓜实在不是我爱吃的菜蔬，丝瓜的藤蔓花叶，也缺乏观赏的价值。可是，因为花槽太空，而它又好养活，因此，就随意种下一株。这株不受待见的丝瓜，打春天一开始，它的枝蔓，就不管不顾地，向花槽上面当做围墙的铁栅栏的四处迅速伸展，牢牢攀附。不过那过于粗糙的枝叶，到底还是难以叫人喜欢。直到黄灿灿的花，一朵一朵地挂出来，冷硬的铁栅栏，缭绕着蓬勃的气息；直到沉实的瓜，一条一条地垂下来，铁栅栏上呈现出丰收的景象。这丝瓜，才让人在乎起来。

有一天，我讶然发现，这株越来越茂盛的丝瓜的浓密处，深

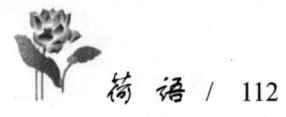

藏着一团鸟窝。而这个鸟窝里,很长时间都只有两只成年的鸟,独自戏耍,悄然啁啾。很久以后,我才明白,那是个丁克家庭。

在一个春节的前夕,我路过花市,看到一株映山红,它的枝头开满繁密的红花。我到底还是敌不过诱惑,只踌躇了一下,就把它买了回来。我把这株映山红种在花槽里,只想着在这个新春佳节,让她好好地开几天花。至于她的未来,我是不敢去想的。活在当下吧,鉴于过去的养花经验,我只能这么想。可是,她居然活下来了,安然立于一片菜蔬之中,年年开花,像我在花槽里种菜生涯中的一个童话。

(原发表于《泉州晚报》2012年4月26日,原名"种花得菜")

一双鞋的热情

一直以为,从一个爽朗的、如花笑靥高频率闪现在脸上的人变成内敛行事、安静做人的过程,也是激情消亡的过程;一直以为,从痴迷CD香水、挚爱华丽服饰,到素面朝天、衣着简约的过程,也是一腔热情熄灭的过程。殊不知,炽热的情感全沉淀在脚下的一双双鞋子上了。就这么深深地爱恋上鞋子,如同一朵花开过,谢了,随后便有果实结出来那般自然。

一个心有爱意的人,是个心尚怀美好的人,即便爱恋的,只是一双鞋。因此,夜晚来临,华灯齐放,徜徉街头时,就一再地放任自己跨进商场,去女鞋部,欣赏那一双双美轮美奂的鞋子。柜台里,灯光下,极高细跟的鞋,像千伶百俐的女子;珠光面,细高跟,缀"宝石"的,则华美高贵如"公主"。看它们高低错落,交叠斜搁一处,那么鲜亮俏美,仿佛振振翅,便能飞。看着看着,耳边便飞来深情缱绻的歌声:"我和你缠缠绵绵翩翩飞,飞越这红尘永相随……"

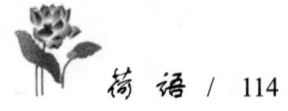

也曾一度，止不住地，一再买下这样的鞋。每天早晨，从中拎出一双，轻巧地套进自己的脚，然后步出家门。细高的跟，叫人变得挺拔不说，还有一种叫做"自信"的东西，让一双平淡的眼睛，骤然放出光彩来。那细高的后跟，敲击地面，发出"得得"声响，如欢快的鼓点一般，使久违的昂扬，又从足下悄然生起。

可是，兴兴头头地走出去，一天下来，回到家来，最想望的就是脱下这双秀美的细高跟鞋子。每每摸着自己受罪的脚，就要唷叹一声，垫高出来的东西，终究不是自己的。逐渐地，对于这些华丽的鞋了，即便爱恋不舍，然而多半以欣赏、以远观为主；到真买，便犹豫了。

犹豫之间，我的鞋柜里，就多了些不中看的鞋子。有一双中高方跟的黑布鞋，把脚伸在里面，十分的柔软舒适。穿了好些年头，其温暖与自在的感受，分明就是居家的感觉。因此，虽然穿久了，穿旧了，愣是一直舍不得丢——家的感觉，怎可弃之家外？还有一双坡跟牛皮鞋，买的时候，贵了些，可很耐穿。现在，几乎是穿成我的脚的形状了，也因此更服贴适足。后来每每在穿上这双鞋子的时候，我总在心里问一句，这就是"相濡以沫"吧？

有一阵，恰逢工作调动，事事不顺。Joan急忙从泉州赶来看我，一同给我捎来一双珠绣拖鞋。Joan一从包里拿出来，我就珍爱地把它们捧在手上。看它们极细的亮绿的网面上，用颜色更深一些的小绿金片，缀了花朵，十分精致可人。

我把它们套到脚上，走在从窗口斜照进来的阳光里，极为绵软美丽。拖鞋的网面及花朵，在阳光中闪着绿莹莹的光，像人行道上忽然亮起的绿闪闪的灯。心中遂明亮起来，觉得仿佛人生从此一路绿灯。我欢喜起来，拉住Joan，滔滔地讲我的感受。Joan的脸上，漾起一层蜜蜜的笑影，解事地和缓地笑说："但愿吧！"

只有Joan送的这双鞋，中看又好穿，还有好的寓意，仿佛是才貌双全、德艺双馨的那类人。但可惜它是一双拖鞋，只能在家中穿，不得出去穿。可知，人生事，两全难。

纵使这样，我还是想说，喜欢一双鞋吧，做个心中怀爱意的人！

（原发表于《福州晚报》2006年10月31日，名"恋恋鞋情"）

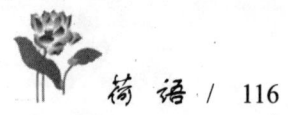

上帝垂青仁爱街

公司所在的写字楼遇到修路拆迁，新的公司大楼又只在打桩阶段，因此暂时租在仁爱街的私人住宅楼房办公。

仁爱街，离我原来上班的地方很远，在城乡结合部。租下来后，老板告诉我们："办公的楼房是全新的，比这里宽敞、干净、明亮。"

第二天，我去老板办公室送传真，从老板没有关严的门缝里往里探了一眼，恰好听到我们那个明里就有三个老婆五个儿子的胖大老板在打电话，大半个肥屁股压在桌上，用粗哑的破嗓门，洋洋得意地打电话，说得唾沫四溅："傻瓜，房子的租金，便宜一半。"从老板大嗓门里奔涌而出的"哈哈哈"大笑声，几乎要把窗玻璃撞破。只听得掐头去尾的一句，可我也马上明白，他讲的，就是我们就要搬过去的那栋楼房。

第一天到仁爱街去上班，实在没有心理准备，亲爱的仁爱街，竟是这样一副尊容：到处散着零落的垃圾，风一刮，肮脏残破的废纸，不小心就会乱飞上来，啪地亲在你干净的脸颊上。苍蝇呢，在你走近时，会从烂香蕉皮上忽地飞起来，直接就歇在你早晨刚濯洗过的芬芳的头发上。这条小街仅有的几家商店，卖廉价的服装，经营简单的早点和粗糙的饭菜。走在这条小街上的人大多是辛劳而面貌粗砺的人。

太失望了！我们公司的业务一向很好，一年下来可为老板赚进几百万的利润，老板还如此悭吝，大家忍不住在背后大骂："葛朗台！"

一开始在这条街上上班，只是无法适应它的脏乱差。过了一些时日，才发现，脏乱表面下的那番浓艳生动更是让人失了言语。

我们公司的房东，一个40几岁身材瘦小的男人，他自己住楼下，把二楼、三楼、四楼全租给我们办公。大大的后院，也成了来钱的收费停车场。开车的人，在后院停了车，直接从后楼梯上到楼上办公室。我们不开车的几个，常常贪图方便，抄近路从临街的正门进去，穿过房东底楼的客厅，上到楼上。

我们早晨来上班，是9点，这时房东才开始在楼下客厅吃早饭。他倒待我们不错，从不责怪我们抄近道，横穿他的客厅，还会从饭碗上抬起头来，小小的三角眼露出一丝谄媚的笑容，讨好地问道："你们都吃饭了吧？"这个时候，他的脸，会因为那笑容而好看一些。而要是他正低头喝稀饭，那张下巴奋力挣出稀疏几根胡须的三角脸，酷似正在偷油的老鼠。每次我从他的饭桌旁走过，总会管不住自己的眼睛，好奇地偷看他桌上的饭菜，快速

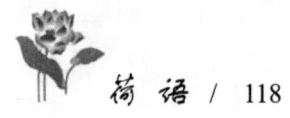

地瞄一眼。我总是惊讶地看到,这个拥有一大栋私宅出租的男人,他的早餐基本上雷打不动,面前一碗稀饭,筷子上挑了一根萝卜干,或一条酱黄瓜。偶尔看到一碟炒花生,油红奢侈地出现在他寡汤淡水的饭桌上,我的眼睛便会感到一片红亮突兀刺目。

我从这样的早饭很明了地看出,这个富得流油的房东,也是一个葛朗台,一个省俭、小气又成天无所事事的葛朗台!

中午十二点出去吃午饭时,常看到一个年轻女子,买了菜回来,和房东两个人一起忙着准备午饭。中午一点,我们穿过他家客厅上楼去上班时,才看到他们两人坐在一处吃午饭。他们的饭食,依旧简单,一盘菜蔬,一钵清汤,两碗米饭。那女人,看到我们上去并不抬头,更不打招呼,只是低头往嘴里扒饭。那样粗陋的饭食,她大口地吃,很响地嚼,饿狠了的样子。这让我不由得又多瞧了她一眼,只见她穿着结了无数小毛球的松垮的睡衣,一帘拉直过的头发泼洒下来,遮去她半个面孔,另外半边脸庞,隐约模糊,一副没睡醒的样子。偶然一次抬头,四目对上,我大吃一惊,那张脸,竟是一轮雪白丰腴的满月!要不是她纹成魅惑深蓝的眉和眼线,破坏了那份洁白无瑕,我几乎要为这张凝脂一般的脸惊呼起来。"难道她是房东的老婆?"我怀疑地问同仁林小姐。"不是。""那么是房东的女儿?""不是。""那这个人是谁?""天晓得!""他们是什么关系?""天才晓得!"林小姐干脆利落地回答,连头也不回。

下午下班的时候，又常遇上她，绷一身紧身的黑上衣，配一蓬黑短裙，嘴唇抹得鲜红欲滴，挎了个小坤包，要出门去。望着她妖娆的背影以及从那背影上飘落下来的过于浓郁的香风，我才隐隐地明白，她这是要干什么，将往哪里去。

那么，她跟房东又是什么关系？房东的老婆又在哪里？

有一天早晨，我来上班的时候，看到她穿了她惯常穿的起满毛球的睡衣，从房东的卧室里披散着头发出来，匆匆向客厅另一旁的厕所跑去。正在吃饭的房东，看都不看她一眼，低着头，萝卜干嚼得巴叽巴叽响。我十分惊讶地呆看着。林姐杵了杵我的手肘，悄声说："他们既互通有无，又AA制。""怎么是'互通有无'？怎么又是'AA制'？""房东给她房子住，不收房租；她陪房东睡觉，不要钱，叫互通有无。""天啊！""饭一处吃，费用分摊，是AA制。""我的天，你怎么知道？""有天在后面的停车场闲聊，那女人主动告诉我的。"

没想到这个富人房东，如此猥琐，如此肮脏，如此可笑！从此，心里对这个猫头鼠眼的男人，更加厌恶鄙视了。

忽然地，一个周一，我们来上班，见到房东临街的门紧闭着。诧异愣怔之间，邻居笑嘻嘻地走过来，说："房东要明年收房租时才回来。""为什么？"我惊问。"结婚去了！""和谁？""和他家的那个坐台女。他跟那女人到湖南老家登记去了，这样，以后生孩子，可以比在我们这里登记少罚钱。""生孩子？罚钱？"我们齐齐把眼睛睁得铜铃大。"哈哈哈，你们不知道，他

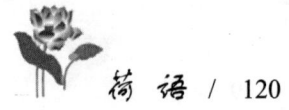

早就结婚了，只是离了，有个人高马大的儿子，快要做爷爷了，这回是二婚！"邻居一手捂嘴，一手揉着肠子，笑得上气不接下气。停了停，又说："房东委托我转告你们，以后从后门进出。"

没想到，只隔了个周末，就有这么巨大的变化！他们两人的这个结局，更是大大地出乎我们的意料和想象！

是什么，使这个富得流油而又小气猥琐的男人，居然鼓起大勇气，与这样的一个女人携手"私奔"！

肉体的交易，居然能够开出爱的花朵！这是怎样的男人和女人啊？

房东的紧邻，是一间经营早点的小店。有一阵子，因为抗议公司食堂，几个同事约好，让这家卖早点的小店代管一阵午饭，给菜金工钱。

这家小店的老板和老板娘，是两个四川来的小伙和姑娘。说小伙和姑娘，其实很勉强，他们总像没有洗干净的灰扑扑的脸上，细看过去，还有一层细细的绒毛，而似乎还没发育开来的身子，黝黑、瘦小，使他们看上去像两只灰突突硬邦邦的小芋头。

这两个孩子，每天很早就起床炸油条、蒸包子。我们九点来上班的时候，他们已基本打烊。接下来的时间，两人便无所事事地站在门口，打打闹闹一阵，笑嘻嘻地看街上的人和车一阵，或津津有味地看街上的人打架和拌嘴。

找他们代办午餐，是因为在仁爱街上实在找不出一家像样的饭店，只好权宜。

可是，第一天和同事们走进这家小店吃午饭，着实让我吃了一大惊。

那天中午十二点多，我们进去一看，好家伙，居然已经整出了一桌黄、红、绿搭配得极有色相，饭、菜、汤腾腾飘香的午饭。大家忙坐下来开吃，一盘盘，一碗碗，吃过去，赤浓清淡，鲜嫩爽脆，皆极为得宜可口。要不是我们进来时小老板还围着油腻的围裙在煤气灶上忙乎，小老板娘正在忙着盛饭端汤，我真不敢相信如此色香味俱佳的午餐，系出自这俩家伙之手。

我们吃饭的时候，要把几张小桌子拼起来，人再围坐下来。人一围坐下来，店里就几乎没有多余的空间了。这时，老板和老板娘，就自动站到外面去看街上的人和车，等我们吃完再进来收拾饭桌，然后，才轮到他们自个儿炒菜、吃饭。

有一天，我们吃饭的时候，不停地听到"叭叭"的声响。这"叭"声停了一会儿，再冒出来，又再冒出来。我好奇地走到门外去探个究竟。原来是老板和老板娘，靠在门边的墙上，搂抱着，很响地在亲嘴。我一见忍俊不禁"哈哈"大笑起来。老板娘见我笑得弯了腰，从老板的怀里挣出来，做饭时抹灰了的脸上，浮起理直气壮的白光，说："我们已经结婚了！""我们去年底登记的！"小老板似乎更懂法，放开小老板娘，正色地补充道。听了他们又孩子气又老练的话，我更是笑得直不起腰来，我也更不相信他们的话了。这两颗小芋头，他们看上去，根本就是一对辍学的初中生。

我们每天的午餐，因为这一对宝贝，吃得又香甜又开心。

有一次，吃完饭，走出小饭店正欲回去，忽听小老板娘扯着喉咙在喊："地瓜，地瓜……"只见小老板远远地不耐烦地嚷嚷道："白菜，你瞎叫什么呀？"我不禁哑然失笑——明明是两只灰硬的小芋头，却偏叫个"胖地瓜"和"大白菜"！

有时候想，这两个孩子，对于他们是否结婚，我们没办法叫他们拿出结婚证书来验证，也无从考证。不过，他们似乎比现在的一般年轻人，更敬畏婚姻，对人们普遍认可的正式登记结婚，似乎有着不同寻常的膜拜。这，就还不是太坏！

感谢仁爱的上帝，让城市边沿的这条让人疏忽和藐视的小街，一如这个城市里的许多街道那样，俗艳得如此活泼，让我们朝九晚五千篇一律的生活，变得这般活色生香。我从此对这条小街，再不敢漠然视之，即便是小街上的一只苍蝇。

荷 语

做学生,读《荷塘月色》,读到心里嘴里的,是那绮丽的文句和那淡淡的忧伤。对于荷,其实并没有太多的感受。文字中,纸面上的荷,又能有多少真切的感受?

一日度假,住山庄,屋子的后面,即是明净碧绿的荷塘。清早起床,推开后窗,天色微明中,田田荷叶之旁,静静碧水之上,一支荷,遗世独立地秀出水面,顶上的花,柔润明净,纤尘不染地绽放着。心动之余,心中即涌起周敦颐赞誉荷的诗句:"出淤泥而不染,濯清莲而不妖。"愣在窗边,遥望遐想,假如荷花是个女子,她该是个怎样的女子?如此孤高出尘的花,应是"红楼"里妙玉这样的女子吧?

对如此素洁雅致的荷花,感叹欣赏之余,心中总有一丝隐忧,总有一份惊心,再路过荷塘,再遥望那支棱在碧水之上的荷,那太过的美丽孤洁,心会突然生生地疼起来,会不由自主地吐出一丝叹息:孤洁的极致,便是脆弱。如妙玉,即是。

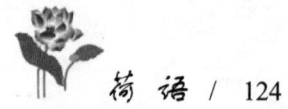

直到有一天上午，撑着伞，在炎炎烈日下，打大树下荷塘边走过，十分惊讶地发现，一边是参天大树的叶子几乎被晒蔫晒焦，一边是一支支粉白嫩红的荷花，迎着灼灼热浪、刺目骄阳，精神抖擞、文采斐然地盛开着。映日荷花，何其红艳！不禁望着毒热的太阳底下，亭亭玉立、生机盎然的荷花，出神地想，如果荷花是一位女子，那么，她会是怎样的女子？

突然想起《飘》中，郝思嘉驾着马车穿越战火的画面；想起她手握泥土对天发誓："……我一定要撑住这个家。而且，等一切都过去之后，我绝不再挨饿，绝不让我的家里人挨饿……"想起在她深爱的白瑞德离她而去，她喃语远眺："我会想办法挽回他的，毕竟明天是另一个崭新的日子！"

如果荷花是个女子，那她一定是个郝思嘉那样，百折不屈，对明天永怀热忱的女子。

可是，再坚强的花，也有花落红残的时候。正如美人迟暮，无可奈何。到那时，也只能留点残荷听雨声了。

第一次在荷花零落下来的花瓣中看到一支青实可人的莲蓬，沉实而又昂扬地仰脸挺立的时候，心里的那份震撼与惊喜，真是无法形容。再细看那青实可人的莲蓬，再想那白胖玲珑的莲子；再想那青莲子的淡香悠远，心想，那莲蓬，一定是蕴涵着清风朗月的明净与幽深的所在。

字面上没有给我特别感觉的"花落莲成"，原来是这般令人

喜悦的景致!

现在再在书上看到"如花美眷"这词,总要反复吟味,总会固执臆断,这"花",指的就是荷花,因为她的出淤泥而不染,因为她的倔强不屈,因为她的永怀热忱与希望,因为她的花落即成莲……只有具这般品格的,才称得上"美眷"。

(原发表于《天府早报》2006年10月11日,名"假如荷是一位女子")

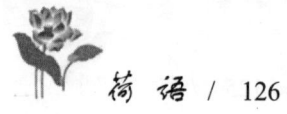

夹竹桃

我通常看到的夹竹桃植株,有一人多高,一丛丛长在一起,伞般怡然张开,枝干瘦长柔韧,叶形像柳又像竹,但更郁绿厚实些。缀满枝头的花,常见的有红白两种。红的是水红,花形像桃花,但比桃花大,色泽也更红艳。每每在屏幕上看到当红女星脸上令人艳羡的明媚至极的红腮,眼前总会晃动水红夹竹桃的倩影——太像水红夹竹桃的颜色了。白花的颜色介于粉白和淡青之间,很容易让人想起"梨花一枝春带雨"的梨花,只是花朵比梨花大,颜色也更偏于淡青,因而更加清雅俊逸。

夹竹桃即使红花灼灼白花雅洁,却很少被娇贵地养在花园、庭院、公园里,因为它的叶、果实、皮,均含有一种剧毒物质——夹竹桃苷。因此,它们大多只能伫立于公路两旁。看到它们,我总是心生叹息,那遗憾的心情和《红楼梦》里贾宝玉怜惜香菱"可惜了这么一个人,没父母,连自己的本姓都忘了,被人拐出来,偏又卖与了这个霸王"差不多。

夹竹桃"极毒"的概念，来自我的幼年。在父母上班的孤单童年里，独自关在屋里的最好消遣方式，便是趴在后窗，张望废弃后院里一红一白两棵开满靡丽花朵的夹竹桃了。终于有一天，决然打开屋门奔向后院，采回一红一白两把花。邻家姐姐撞见，脸变颜色，一把打在我的小手上："这花会毒死人的！"红的花白的花，零落一地，从此，只敢惋惜看，不敢忘情采。

一日，坐在电脑前，输入"夹竹桃"几个字进行网络搜索。我惊异地读到这样的文字：夹竹桃有抗烟雾、抗灰尘、抗毒物和净化空气、保护环境的能力，可用于治疗心脏病、心力衰竭、经闭，还可用于跌打损伤、淤血肿痛等症，剧毒物质夹竹桃苷能杀灭侵入害虫保护自己。

读到最后一句时，我几乎要失声叫好。自古红颜多薄命，夹竹桃命不薄，原来全仰仗夹竹桃苷！忽然想起亚历山大大帝说："如果我不是亚历山大，便宁愿是戴奥真尼丝。"我想，如果不能做人，做花倒是很好的选择，不过不要做牡丹，艳冠群芳又怎样，无力保护自己，明媚鲜艳得了几时？玫瑰也还是不好，虽长了刺，但也只能来点小小警告。夹竹桃会是毫不犹豫的选择——因有竹桃苷的保护，能自由自在地、尊严地开放，直到自然凋谢。那是我见过的唯一能"寿终正寝"的花！

（原发表于《厦门晚报》2006年8月2日）

雨

总觉得在阴、晴、雨、雪这些天气现象里,最有灵性的就是雨了。所以,每每看到下雨,就有种种感触纷纷扰扰涌上心头。

下雨时,若恰巧站在芭蕉旁,看雨点落在阔大的芭蕉叶上,颗颗雨珠被染成一半水晶般晶莹剔透,一半翡翠般绿意莹莹,那实在是心旷神怡啊。听雨打芭蕉,实在是种慰藉,那古朴浑厚的声响,总让人想起珍藏在心中多年的好友贴心的话语。下雨的夜晚,如果正好睡在瓦顶的房子里,便会舍不得让自己早早睡去。雨落在古旧的瓦上的声音,低沉、苍老、悠远,像长辈们无尽的关切和惦念,凉凉的夜里,心中充溢的却是和暖的感觉。雨落在花和小叶子上的声响很小,花儿却因此变得格外水灵,绿叶绿得精神抖擞。

望着淅淅沥沥的雨,心中总会浮想联翩,烂漫的童年里打着伞,穿着小小的雨鞋在雨中啪啪地踩出水花的欢乐情景;青涩的少年里叠了纸船,让它载着满腹心事在雨水里飘飘荡荡,自己的脸上早已分不清是雨水还是泪水的情景；青春洋溢的青年时代，和爱着的人共撑一把伞，走过长长雨巷的情景。下雨的场景若是在五月蔷薇盛开之际，便会想起"红楼"中的龄官，在蔷薇花架下痴画了几十朵蔷薇，"唰唰地落下一阵雨来……纱衣裳登时湿了"。这些，都是很久以前的事了，可是，只要天下起雨，就会想起这一切，而曾经的遥远的这一切，就仿若在昨日。

春天的夜晚，窗外常常是一幅雨帘。中年的自己，在这样的雨夜，最喜欢在窗下就着一盏台灯，安静地阅读。雨用它们不厌其烦的声音和细瘦的身子织就的帘子，把我与扰扰攘攘的世界隔开，岁月在这时美丽得几乎要停止呼吸。读书的间歇，抬头看窗外纤细秀美的雨，温柔而执著，古老而纯情，看着看着，总觉得满心的欢喜和愁苦都有了诉说的去处。隔窗望着那一帘纷纷扬扬的春雨，还会想起"梧桐更兼细雨，到黄昏点点滴滴"、"梨花一枝春带雨"这样与喜欢的植物和钟爱的雨有关的词句，每每这时，心中便会幻化出一种梦境———在春雨时节，住在一所窗下有梧桐、院子里开着雪白梨花的房子里，在雨后的清晨或雾霭弥漫的黄昏，在窗前安静地阅读一本喜欢的书。

（原发表于《东南早报》2007年5月8日）

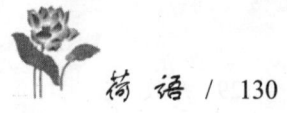

心殇美人蕉

偶然穿过邻家阿婆破败阴暗的屋子,闯入她的前院,当我看到大半个院子开着红红火火的花朵的景象时,我的血液凝固了。在一个六岁孩子的心里,自然还没有"惊讶"、"目瞪口呆"这样的字眼,来形容当时的感受,但上学后学了这样的词汇,我一下便明白了它们的含意。那红红火火的花朵,就是美人蕉!

为看美人蕉,阿婆家成了我常去的地方。阿婆那时已白发苍苍,满脸皱纹,老眼昏花,但每当她闲下来,静静地坐在淡淡的夕阳里,凝望满院的美人蕉,眼里就会流出异样的柔光,美丽得如同淡金黄色的夕阳。那一瞬,广阔天地间,就只剩"温暖"二字。长大后回忆起来才明白,阿婆那神情,分明是在回忆自己花样的好年华。

一个秋风萧瑟的午后,阿婆教我把美人蕉从花冠顶部拔下来,把花冠顶部的空心细管放在嘴里轻吸,一股清凉甜润的汁液,顺着喉咙进入心田。这使我后来无论处于何种困境,都坚信,生活里藏着意外的美好。

美人蕉在我心中的意象，在一个雨后的冬天清晨，产生了极大的变化。那天，公园里很冷清，只有零星早起晨练的几个人，和坐在花坛边沿的我。花坛里是一坛红得惊心的美人蕉，夜里的雨水犹残留在火红的花瓣上，晨风刮过，被花映成透明殷红的雨珠，顺着花瓣的纹理逶迤下滑，最后"咕咚"一声，落入花心。那一瞬间，我的心跟着一动，然后一痛：殷红的水珠是美人蕉的泪珠，还是血滴？此情此景，让我想起拿起鸳鸯剑自刎的尤三姐、血溅定情诗扇的李香君……灼灼红花，都成了这些美丽刚烈女子的化身。后来在自家院子里种过许多花，独独不敢种美人蕉——让我如此心疼的花。

（原发表于《天府早报》2006年10月24日）

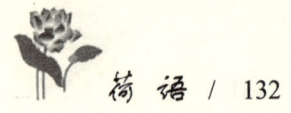

像做脸部护理那样爱惜自己

就像万物特别容易在春天生长一样,在这个春天的开始,不经意间,有件事像无意中掉落心中的种子,迅速长成一种渴望。

说起来它是一件很简单的事:每周到美容院做一次脸部护理。其实那家美容院就在自家楼下,日日打它门前经过,只是从未为它停下匆忙的脚步。现在它变成了我一周里的盼望,不过这盼望与它的"美容"主题无关。最先吸引我的是美容院里的那张床,那是张狭窄的床,它甚至只能容纳我平躺上去就不再有多余的空间,但它有着女性心仪的淡雅的雪白床单、粉红薄被,让我止不住想起与有着光洁额头、清澈目光、单纯心思的少女时代相关的一切。

多少年不曾睡在这样一张只能容纳自己的美丽清洁的床上了。做美容的女孩,总会在我躺下时让音乐轻轻响起,乐声随之会如清清的泉水一点一点带走心中的烦愁。当腾腾的蒸汽扑面而来时,我十分讶异于已历尽各种责难歪曲、过惯简单粗糙生活,早已失去敏感的面部皮肤上的所有毛孔,居然会迎着温热的气体发出热烈的絮语,愉快如昆虫在夏夜草丛间的纵情歌唱,活泼如清晨窗外树上的鸟群清脆地啁啾鸣叫。我十分惊讶地自问,也许我们不了解别人,可是对自己的了解又有多少?

女孩用她那经过专业训练的手指,在我的脸上施以带着植物清香的液体,柔巧细致地护理,我能真切地感受到一种类似于因喜欢一株植物盼着它开花而浇以清水的美好心情,通过她灵巧的手指鲜活地传递过来。我的心中充满愉悦。我知道,停下忙碌的脚步,卸下所有重担,抛开所有烦恼,在这粉红的梦境中休憩后,就不会再是那个疲惫的、灰心丧气的、面目黯淡的自己,又会恢复到从前那个受到良好教育,受过书籍熏陶,目光淡定、心态从容、内心平静的知性妇人。

最后坐在那张铺着雪白桌布的小圆桌边上签单,水晶瓶里的马蹄莲在清新的脸旁吐露芬芳,白桌布鹅黄流苏的末端隔着薄薄丝袜在腿上轻轻撩拨,所有这一切都会让我涌起这样的想法:不管过去怎样,将来如何,像做脸部护理那样爱惜自己,好好活着,这就是不错的人生。

(原发表于《东南早报》2006年5月13日)

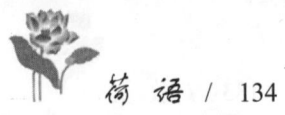

水仙漳州

最初听到"漳州"二字,还是稚龄童。那天,我正在亲戚家里,"研究"一攒开在半钵清水中的鲜花。清水之上,绿叶之间的那白洁粉黄的小小的花,竟喷吐着那样沁人心脾的浓郁的香味。当我正把鼻头凑近,身心完全浸润在那浓浓的香气之中时,母亲在一旁问亲戚:"这水仙花哪来的?"亲戚说:"漳州来的。"这不经意的一问一答,让正迷醉在花香中的我,知道了这花,叫水仙,而那个产这花的地方,叫"漳州"。"漳州"二字,如两颗星子,从浓郁的花香中,升腾而起,从此高高挂在我头顶的星空。

此后,每逢新年,便要要求母亲,养一盆漳州的水仙花,让它丝丝缕缕的芳香,送走离去的旧岁,又用点点芬芳的触觉,敲响新年之钟。

水仙花,因此,开在我的童年、少年、青年的岁岁年年。

自己成立了家庭,有了汽车之后,每年新春来临,都要兴冲冲地亲临漳州，运回一批水仙，分赠给亲戚朋友。仿佛，没有养水仙，便没有过新春佳节一般。

春去秋来，这样年年单纯地种养水仙，心中早已不能满足，总想着，有一天，能够去探访那片孕育出这馨香之花的土地。

终于，有一天，有幸亲临了漳州九湖水仙花产地。去的那天早晨，天空晴好，太阳明媚，放眼山脚下的花田，大片大片的花田，怡然浴于明暖的阳光中。走到近处，细看花田土质，详细鉴别，发现那土质与别处不同，均为松软砂质壤土。复登高远眺，九龙江支流和山谷泉涧，纵横交织。因此在心中暗自叹服，原来凌波仙子出自这样的"风水宝地"！陪同的小林，仿佛读出我的心思，笑影先在她青春姣好的脸庞上闪动了一下，才接续着说："现在艳阳高照，下午的斜阳则会被圆山挡住射线，因此，这里向阳、避阴，恰到好处。圆山这个功臣，除此之外，还是冬暖夏凉的天然屏障。"我惊喜地叫道："神奇的土地啊，难怪养育出的花，如此芳香馥郁！""还有暗藏着的宝器哩。"小林乌黑的瞳仁里放出神秘的光彩，弯弯上翘的嘴角，随即挑起两窝笑意，却又秘而不宣了。我急得推她的肩膀，要她快快道来，她顿了顿，清了下喉咙，才笑着再说："你看这地，普通吧，一般吧，看不出什么来吧？可这地下，有神龙游过！""快说快说！"我真急了，用力笑推她。"那神龙，温泉也！"作为漳州人的小林，无比自豪地亮出底牌，"因此，即使天寒地冻的季节，也能保持适宜的地温。漳州水仙花就是生长在这样优越的环境,因而品性卓尔不群!""啊,原来如此!"我连声赞叹。"但,且慢,这只是天工,还要巧夺!"小林捂着嘴,不无得意地咕咕笑着,神秘而又调皮地说,"下回由老李分解。"陪同的当地花农老李,接着娓娓道来,自豪得如数家珍,滔滔不绝:"除了优越的地理条件外,更由于这里的花农有着丰富的种花经验和栽培技术。他们严格掌握节令,采用三年放种和人工阉割等独特的处理方法,来促进水仙花头增大、成熟,因而产出的水仙花形似蟹爪,茎大花多,每个鳞茎一般都能长出三至七支花箭,最多可达十一支,每支花箭可开出五至七朵花蕊,最多可达十余朵,在水仙属的植物中是十分稀见的。"花农老李说完,慧黠的笑容,从眼里嘴里绽放出来,如阳光那般,从那张脸上的沟沟壑壑喷射出去。

地灵,则人杰;土好,人巧,花才香啊!万事万物,都是这个道理!

当后来得知,1984年和1997年,水仙花分别被定为漳州市市花和福建省省花,并当选为中国十大传统名花;当后来得知漳州籍的海外赤子视水仙为故土神花,就一点也不意外了。

如今,过年时早已不能满足于养盆水仙,清供于厅堂案上;早已不能满足于采买搬运一车水仙回厦门,美化家室,分赠亲朋。春节前后,总要寻找各种理由和借口到漳州住下来,让自己的身心完全沉浸沐浴在海潮一般的水仙花中。

水仙花在英语中，是自恋的同义词。因此，昔日大学英语系的同学，都笑话我。我则想，一切的"嘲笑"，都来自于没有领略到节日里，身心浸润在漳州水仙花海中的美妙。于是，我便拉了她们，在一个正月里同去漳州，住下。春节期间的漳州，随处可见莹白粉黄的水仙花，从郁郁葱葱的叶子间挺起，把它们清逸的花香，播撒在每一个空气因子里。夜晚，踯躅漳州街头，抬头看点点繁星或当空明月，只觉得那闪烁的繁星，比别处明亮；只觉得那高挑着的明月，比别处皎洁，我们都忍不住猜想，这一定是星子明月，不愿逊色于人间凌波仙子的缘故。

"我爱这个美丽的晚上，有你在我身旁……"想起邓丽君唱过的这首歌，觉得好像是为徜徉在漳州街头的我们而唱。看着彼此闪动着水仙花影的眼眸，都相视而笑。我知道彼此的心中都在想，置身于这样清雅的花中的城市，是一座有幸的城市；能与这样清芬的花为伴的市民，是有福的市民；而能够在正月里，客居漳州的人，则是幸福的旅人。

漳州的片子癀，最初知道的它，是一种对急性、慢性肝炎，刀、枪、骨折和烧、烫等多种创伤，脓肿、无名肿毒及一切炎症引起的疼痛、发热等有显著疗效的良药。没想到，这神奇的药，也是美容佳品。我从少女时代就喜欢片子癀，随后击败各大国际品牌，一直在我的梳妆台上稳当花魁的"片子癀珍珠霜"，我总在猜想，它之所以成为芳香的消炎美容佳品，是水仙花之香芬开启研制者的心智。如果说，关于这个，心存疑问，不得而知。名

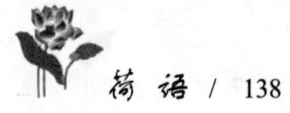

闻海内外的漳州花博会,就与漳州水仙花有关,因为漳州水仙花名扬天下已久,才使在漳州举办的花博会盛况空前。

正月里,因为水仙而客居漳州的我们,走遍漳州的大街小巷。这里民风淳朴,著名的漳州卤面及各色绝佳风味小食,不时地从餐馆酒楼里飘出诱人的香味,品尝这些美味佳肴,味觉里,总会尝出一缕水仙之花气。而这一缕花气,又使俗世里的美味,滋生出一份清幽的情怀。行走在漳州著名的土楼、地质公园、南山寺等名胜古迹里,嗅觉里,总会闻出一丝水仙之仙气,这一丝仙气,使人不禁萌生思古之浪漫情怀。

漳州之水仙,就是如此香入人心。

(原发表于《闽南风》2012年第5期,2012年6月获"碧湖生态园杯"全国散文征文优秀奖)

小说

小說

李文华的业余爱好

我和李文华大学中文系毕业后,一起分配回家乡的一所中学教书。上个世纪八十年代末,在学校教书工资低,社会地位跟着也低,很多教师,尤其是男教师,都不大安心教学工作,做生意的有,从事第二职业的有,还有一门心思搞"突围"的(调出教育系统)。我和李文华差不多是仅有的两个喜欢待在学校的人。那年头,当教师工资虽低,却没什么压力,也不忙,如果不当班主任,每天两节课上完,剩下的时间就是自己的了。业余时间里,我沉醉于舞文弄墨,陶醉于偶尔在报端发个豆腐块;李文华沉迷于修理电器和钓鱼。我们虽清贫,却过得逍遥自在自得其乐。

我和李文华虽是同学同事,但由于业余时间各有所好,课余几乎无暇来往。第一次见识李文华修理电器,是有一次家里一台录音机坏了,提到他家去让他修。

到他家时,李文华正在他的卧室里忙乎。走进他的卧室,只见房间面积很大,足有二十平方米,但几乎被一张巨大的长木桌占据了,仅有的一张窄小的单人床和一把椅子,私生子一般委委屈屈地挤在角落。那张巨大的木桌上,摆满了五花八门待修理的电器和各种零件。当年空调还没进入普通人家,李文华正在一台微风吊扇下修一台黑白电视机,热如蒸笼的房间里,黄豆大的汗珠从他光光的脊背上不断冒出来,并滚来滚去,像许多黄豆放在筛子上筛,最后,随着他用力拧螺丝嘴一歪,纷纷摔落到地上,使红红的红砖地湿了一片。我不禁问李文华:"为什么不用大风扇?"他抬起头,嘿嘿笑道:"怕螺丝钉等小零件被吹掉。"被零件油污抹了几道黑的脸上,闪烁着无比快乐的笑容。

李文华修理的电器都是朋友的,不收修理费,逢上需买小零件替换,掏的也常是自己的腰包,只有换大零件才让朋友自己出钱去买,因此,他每个月的伙食费常没办法交上,三餐基本上靠李老爷子接济。

李文华修电器的技术出神入化,电器修理铺没办法修的,送到他那里常能起死回生。每次看到朋友来拿回本不指望修好的家用电器时那惊讶和折服的神情,李文华的眼里就会流露出十分得意快乐无比的神采。那神采,简直是如今那些看着儿子考上北大清华的父亲们眼神的翻版。

李文华的另一大爱好是钓鱼。他们家的后门一开,便是我们这个小城的母亲河——西溪。李文华每天黄昏必定手持鱼竿,准时到西溪边报到,长年累月晒下来,晒得像非洲空运过来的。虽然这样,李文华的"钓技"还是不能和他的"修技"相提并论,每天从黄昏钓到日落却总是收获不丰,可他毫不气馁风雨无阻数年如一日地钓着,成了西溪一道很特别的风景。

李文华修理电器名气大了后,好些单位也找上门来要他修,这时候他开始赚钱了,而且赚的钱不少。不过,他赚来的钱几乎都投入到武装钓鱼的工具上了,这使他成了钓鱼协会里武器装备最精良的会员,但是,纵然是这样,他的钓绩依然差强人意。

李老爷子是我们小城著名的老中医,医术十分了得,退休后自己开业。李老中医硬是要把这手工夫传给幺儿李文华,无奈李文华每天沉浸在两种爱好上执迷不悟。李老中医只有天天摇头叹气。

周县长是李老中医的多年好友,年轻时在外地当乡长时得重病,多亏李老中医亲自上山采来草药,配以祖传秘方,才把命保下来。

那年过年前,周县长照例来给李老中医拜年,正听着李老中医对幺儿李文华的不务正业长吁短叹时,李文华正好拿着鱼竿急匆匆欲从后门奔向西溪。李老中医"喝"住文华,要他来拜见周县长,文华不得不手持鱼竿折回来。周县长细细打量文华,只见文华虽然晒得黑了点,但身材颀长,目露慧光,遂叹息道:"一块好材料,可惜教书太闲,玩物丧志。"沉思半响,转头断然对李老中医说:"到我那去吧!"

在教师转行难于上青天的年代,周县长硬是把李文华弄了出

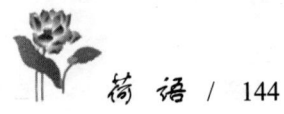

去。

在周县长的关照下,李文华进了县政府办公室,主要任务是给周县长写材料,跟随周县长。在周县长的严格教导下,李文华只得把心从两种爱好上一一收回来。这一收,原来深厚的中文功底,就像一块被从地下挖掘出来的金子,很快发出夺目的光芒来。

高升到市里前,周县长把李文华叫到身边,语重心长地对他说:"小李呀,你在政府办锻炼三年,成长很快。以后我不在这里了,你有什么打算?"李文华想了想,说:"谢谢县长三年来的教导,我想,今后我应该多到基层去锻炼。"看着站在面前的李文华脱胎换骨变成一个成熟历练的政府工作人员,已不是三年前的理想主义者,周县长知道时机已成熟,遂点头应允。

一个月后,周县长把师范院校出身,又教过几年书的李文华放到县教育局去锻炼。

周县长高升走后,仍不忘时时严格要求李文华追求进步,李文华也不负周县长的期望迅速茁壮成长,没几年便是县教育局局长了。周县长升任常务副市长时,李文华也升任分管教育的副县长。彼时,李文华差三个月才满四十岁。

我们学校五十周年校庆时,听说李文华也要回来,好同学加老同事已好几年不见,我一早便兴冲冲地跑去学校等待李文华的到来。

我刚进学校校门,一眼就看到李文华从崭新的帕萨特里钻出来。多年不见,站在阳光下的李文华,额头高了亮了,稀疏了的头发往后梳理得服服帖帖,在阳光下闪着油亮贵气的光泽,啤酒肚也很气派地挺了出来。李文华回头见到是我,满面春风满脸笑容地伸出双手向我快步走来,身后跟着打扮得光鲜时髦的漂亮妻子和伶俐可人的女儿,像盛开的鲜花般簇拥着李文华大步走来,真是风光无限啊!直看得我这个高级教师兼业余"作家"不禁自惭形秽自卑起来。

中午酒席上,李文华坚持不坐主宾席,执意坐到昔日的老同事中间。席间,大家边纷纷与李文华碰杯,边说起从前一起教书时的人和事,喝着,说着,说到从前修理电器和钓鱼的旧事时,李文华已酒至九分。"怀念从前啊!"李文华仰脖一口喝下大半杯白酒,放下杯子,红着双眼,摊开双手,委委屈屈地哽咽着说道:"瞧我这双手,多少年没摸螺丝刀和钓鱼竿了!" 说着,说着,竟嗒嗒嗒地掉下两行泪来。全体愕然。

(原发表于《扬子晚报》2007年8月27日,原名"怀念从前")

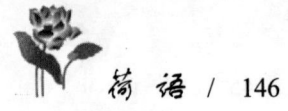

那个爱看杂志的女孩

倪丝丝漂在北京的时候，相信"干得好，不如嫁得好"，也相信自己能"嫁得好"。可不是，一趟王府井大街溜下来，没能看到几个像倪丝丝这样秀逸超群的女孩。

所以，她在保险公司推销保险的时候，便很留意把自己推销到好的去处，并且在推销保险的第十个月，便把自己推销进"海龟"冯教授的怀抱里。冯教授留日十年归来，现在大学教书，有房有车。年纪是大了一点，三十八，虽有过无数任女友，但一直未婚，是个不折不扣的"钻石王老五"！

有了冯教授，倪丝丝马上辞去推销保险那份累人的活儿，专心地甜蜜地做起冯教授身后的女人，做起高智商的冯教授"红袖添香夜读书"的那个"红袖"。

冯教授兼职多，赚得多，也忙得像陀螺，但只要一回来，倪丝丝便用章鱼脚一般的手，柔软缠绵地把他缠住。起先，冯教授也幸福地陶醉在那温柔乡里，可是，渐渐地，他开始觉得这样的缠绕简直不能透气了。因此，冯教授买了新车后，便把旧车的锁匙甩给丝丝，颇为厌烦地说道："一边玩儿去吧！"

倪丝丝兴冲冲地开着车，去找她昔日的"死党"。可是，到女友们的单位，女友们用纸杯匆匆泡了杯茶递给她，就歉疚地朝她笑笑，又急急回到电脑前，赶主管要的东西。一个个都在为那点刚够吃得饱的工资奔命。百无聊赖的丝丝，只好转向书店，买回大堆的杂志，然后打道回府，把闲下来的大把大把的时间，交给一本又一本的时尚杂志。

丝丝看杂志看入了迷，常常连饭也顾不上做，饿了就往嘴里塞饼干。于是，下次再去书摊买杂志，便一并买回大桶大桶的饼干。

从此，只要冯教授不回来吃晚饭，穿着松松垮垮的睡衣，披散着一头长发，蜷缩在沙发上，像只懒猫那般边啃饼干边看杂志的倪丝丝，就成了冯教授客厅里的"经典画面"。

一天晚上，累了一天刚回家来的冯教授，看到锅冷灶冷，饼干屑不住地从丝丝的嘴里嗒嗒地落下来，掉在面前大堆花花绿绿的杂志上，掉在干干净净的沙发上，终于忍无可忍，终于爆发般地大骂道："一只花瓶也比你强！"

冯教授和倪丝丝越来越没话说了，冯教授越来越不愿意回家了。自己的家，成了倪丝丝一个人的家。那天，看冯教授刚回来，洗了个澡，换上柜里烫得挺括的西服，马上又要出去。孤单了好些天的丝丝，在他打好领带，提了黑皮包，迈向门边的时候，忍无可忍地双手叉在门上，弃妇泼妇怨妇一般地声色俱厉地说："你这是冷暴力！"说着，滚水一般的眼泪，在她的眼眶里沸腾，炙烫她的心。"随便你！"冯教授冷酷地说，用力顶开她的手，扬长而去。他已十分厌倦和浑浑噩噩的人成天粘在一起。"好！"丝丝朝着冯教授的背影，歇斯底里地大叫，接着噼里啪啦把自己的东西一股脑儿塞到大旅行袋里，提到地下车库，扔到车上，砰地关上车门，头也不回地开走了。

　　一周后，冯教授的短信来了。丝丝看到手机上显示的号码，心狂乱地跳着，她以为短信上是教授惯用的求饶话："小东西，回来，想你了。"丝丝抖着手，按下读取键，只见短信上写着："我的车，还给我。"丝丝恶狠狠地回复："没门！"

　　三个月后，丝丝打电话给冯教授，说："我明天结婚，来喝杯喜酒吧。"冯教授口气干巴冷淡地说："恭喜你！"说罢，啪地挂掉电话。丝丝甩了甩一头长发，顺便把要掉出来的眼泪也甩回去，然后振作地对自己说："还好，还嫁得出去。"

　　丝丝寒酸而又富有地把冯教授的旧汽车当了嫁妆，陪自己嫁出去。丝丝这回嫁的是个司机，司机家是地道的老北京，有自家的住房。这就够了。丝丝只求有房子住，她在北京漂怕了。司机赚钱少，也没读多少书，养不活她，红袖也不必添香，没有人夜间读书。丝丝在超市站柜台，每天站到脚软，直到怀孕中期，挺起了圆圆的肚子,才回到家来歇着。

再次回到男人背后的丝丝,剩下的,还是时间,只有时间。她只好重操旧业,看杂志。

但现在穿着花睡裙,蜷在沙发上边啃饼干边看时尚杂志的丝丝,还得不时地眯眼看看挂在墙上的钟,她要在晚上九点以后去超市买打折食品,每天省下些伙食费,为即将到来的宝宝做储备。她看的时尚杂志也一样,都是过期不怎么时尚的打折处理期刊。

有一天,她看到杂志上一个征文一等奖的奖金是两千元,并且征文时间尚未过期时,她的眼睛都"绿"了。

两千元,多么诱人的数字!那是在超市站肿腿一个月的工资。

我行吗?

试试吧,为了钱!

丝丝在一个司机打着呼噜睡觉的夜晚,悄悄翻身下床,在电脑里敲下一个荡气回肠的爱情故事。那个故事的女主角,是个爱看杂志的女孩,叫倪醒醒。

那张绿绿的扣掉税后还有一千好几的稿费单到手时,丝丝已成了奶着芭比娃娃般小女婴的白胖臃肿的妇人。

丝丝捧着那张绿色的小薄纸片儿,手都抖了。她生怕她一用劲,这绿纸片,会像受惊的鸟,扑地一声飞走。

尝到一千多元的甜头后,丝丝的手指会周期性发痒。每当手指发痒,她就把"芭比娃娃"暂且交给奶奶。这时,多年来看的杂志,像在心中蓄了一个水库的水,给她带来灵感,从她敲电脑

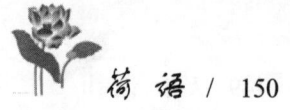

键盘的指尖汩汩淌出,变成无比绮丽的文字。

小宝贝能颠颠地走路时,丝丝已受邀在七八家杂志上开专栏了。

冯教授兼职的一家公司,租在一个生活小区办公,恰好和丝丝家同一栋楼。斯文而傲气的"海龟"冯教授,提着黑色真皮公文包走向大厦电梯间时,常会遇上抱着宝宝下楼到小区花园散步的丝丝。这时,穿着起着许多小毛球睡衣的丝丝,馒头般白胖的脸上会绽起一个突兀而灿烂的笑容,有款有型的冯教授,睥睨着她怀里的宝宝把饼干捏出碎渣渣来的口水潮湿粘乎的小手,眼露鄙夷嫌恶之光,丢下一个含含糊糊的似笑非笑,快步走进电梯。

小宝贝呼呼地长大,开销也跟着呼呼直线上升,丝丝只得和宝贝的长大比赛写字的速度。

我每天提着菜篮子去买菜,在固定买青菜的夫妻那儿,男人有一次压低声音问我:"你老公一个月有五千块收入吧?"我笑笑,然后他又问我:"你什么事都不做,就靠你老公养活吧?"我笑笑,纠正他:"我也有做事,接手工活在家做。"现在,我的"手工活"让我每月收入过万,可以雇保姆看小孩,可以理直气壮成天窝在沙发上看杂志,还边把饼干惬意地塞到嘴里,并且所有的杂志还都是最新出炉的,杂志社免费赠送的杂志。每当我坐在大堆花花绿绿的杂志中间,我便富裕得好似个女王。嫁得好,不如干得好啊!

某一天,冯教授在专访丝丝的报纸上读到这段文字,他的眼前立即出现边啃饼干边绻缩在沙发上翻杂志的丝丝,那自己曾经嫌怨的最慵懒的情境,已成了最唯美的画面,永远定格在他的脑海中。此后,他再也找不到女朋友了,因为,再也找不到那么爱看杂志的女孩。

　　这是冯教授很久以后,在一个酒会偶遇丝丝时对她说的。那个爱看杂志的女孩,那年,被一家著名时尚杂志的读者评为"最受欢迎的主笔小姐"。那一天,丝丝穿着黑色露肩及膝晚礼服,乳白色羊皮半长统靴子,黑宝石般地穿过绅士淑女们浓稠的目光,去杂志社签约。冯教授兼职的公司正好是这个活动的赞助商。冯教授看着她的失落到沉痛的目光也永远定格在丝丝心中。

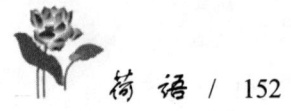

天涯同路人

从我居住的城市到他居住的城市,中间隔着八个小时的火车路程。我不知道坐过多少个这样的来回。我曾是那么喜欢这样的旅行,因为旅途的这端连着我,那端连着他。在这样的旅途上,每次我都带了大堆的零食和封面华丽的杂志。我总是一边惬意地翻着杂志,一边香甜地嚼着零食,又一边兴致盎然地观赏着车窗外美丽或不美丽的风景,心中藏着的是一颗新鲜水果那样水分饱满光艳美丽的爱之果。

可是现在,我思绪混乱头痛欲裂地靠在临窗的硬座角落上,我的身旁扔着一只匆匆塞满我的衣物和日常用品的旅行包。我把漂亮的红色呢子大衣胡乱反过来穿在身上,把自己从脸的下部起盖住。我的对面是一对亲密的恋人,可幸福是他们的。我和男友刚分手,正从他居住的城市残兵败将般地溃退回自己的地方。

我一直昏昏沉沉地缩在角落里,当有人把我摇醒时,好像已过了一个世纪那么长。我撑开沉沉的眼皮,眼前,是一男一女两张年轻温暖干净的笑脸,男孩的脸上有着干净的五官,微笑的暖意,正从他的眼睛和嘴,阳光般地散发出来。女孩的脸,则清纯而甜美,像一朵刚刚盛开的月季花。男孩用纸杯倒了半杯热开水,端到我面前,女孩甜美地笑着说:"我们想,你一定需要喝点热水。"她的脸,她的笑容,真像一朵刚盛开的芬芳甜美的月季花啊,她一定有花朵一般绚烂的生活。

温热的水,滋润了我干涸许久的喉咙,冷硬疲惫的身心活泛了一些。那感觉,真像从死亡的边缘,又回到人间。

午饭时间,男孩端过来三份快餐,自自然然地放一盒在我面前,好像我本来就是与他们结伴的同行。女孩甜柔地笑说:"快吃吧。"我慢慢地端起快餐盒,一口一口地吃进去,眼泪一颗一颗地涌出来。我以为我的泪,早已冻结成冰,封存在心底,不会融化。

饭后,男孩自自然然地把三个快餐盒,收拾到垃圾桶。女孩则从对面过来,坐到我身边,从包里拿出MP3,塞了一只耳塞在我的耳朵里,"海面倒映着美丽的白塔,四周环绕着绿树红墙……"啊,少年,我想起我花骨朵儿般的少年,多么美好的时光啊!

我和这个月季花般的女孩,一人塞着一只耳塞,听了一支又一支纯净、欢快的歌。我们像相识多年的好友,也像一对亲密的姐妹。火车载着我向我的城市而去,把那个我不想再见到的人和不想再去的地方,越来越远地甩到后面,我的心情一点一点地愉

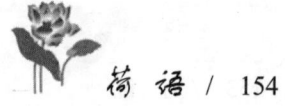

快起来。那个阳光男孩，坐在我们对面，不停地为我们削水果、递零食。剩下的三个小时路程，就这样度过。这是我生命历程里最难忘的一段时光，它像一枚特别的书签，一直夹在我后来的人生的书页中。

我终于到达我居住的城市，下了火车，淹进城市灯火辉煌的夜里时，我忽然有了一个想法，我笑起来，我也要有一朵月季花盛开在我的脸上。我相信，这样，就一定会有一个有着阳光般笑容的男孩，在未来的生活中等我，开始一段不一样的人生。

如今，我在我居住的这个一到春天，就有大朵大朵火红的木棉花开放的南方城市，有一个家，这个家的男主人，果然是个有阳光般的笑容的男人。我很幸福。我庆幸当年男友的薄情，没有他的离去，我怎么能找到这样能够给我阳光的男孩。我不知道，我现在笑起来，能否像一朵月季花盛开时那样芬芳甜美。但是，我即将来到人世的孩子，她将来笑起来，一定会，因为她孕育于我月季花般美丽的心境中。

后 来

　　梁薇二姨的儿子，沈骏，1米75的个子，俊朗的脸上，一双纯纯的大眼睛，嵌在微凹的眼窝里，闪烁着星星一样的光，丰挺的鼻子，阔阔的嘴，唇线俏皮可爱，看上去有几分像演员陈坤。当他潇洒地穿上燕尾服，而又把一只手，随意地抄在裤兜里时，那种讨人喜欢的酷酷的样子，跟陈坤，竟是神似了。他的这副长相，从高中起，就迷死了一大帮女孩子。

　　梁薇大学毕业留在本市一家公司打工，二姨跟梁薇妈说，梁薇一个女孩子，别尽在外头，住到家里来。况且，就她一个月那点儿死工资，买件衣服都不够。二姨撇着薄薄的嘴唇说，嘴角和眼梢流溢出鄙夷的神色，心中，却是对外甥女梁薇打心眼的疼。于是，二姨家楼上两间卧室中的一间，就成了梁薇的卧室。另外的一间，住着表弟沈骏。楼下的两间是二姨二姨父的卧室和客房。梁薇因此几乎见识过和沈骏好的所有女孩。沈骏这样的有女孩儿缘，连梁薇这个当表姐的，都跟着脸上有光彩。

梁薇的二姨父是本市有名的律师,收入甚丰,因此,梁薇的二姨早早地从一家企业单位内退,在家里舒坦地当全职太太。二姨的家,在一栋新建成不久的大厦顶层的一套楼中楼。虽然沈骏读书有些差强人意,只考上本市的一所本三大学,但他这样的家底和这样的长相人品,使他长期拥有一群拥趸他的女孩,这些女孩子还个个样貌不俗。只有一个长相平常一些,但她那平淡的脸上却长着一双慧黠的眼睛。梁薇一触及那亮闪闪的目光,马上就明白,那是长在一颗高智商的脑袋上的。果然,一问,这女孩还是梁薇的校友,本市一所全国著名高校的学生。这女孩是外省考来的,也不知是怎么认识沈骏的。梁薇对聪颖的女孩总有特别的好感,加之又是学妹,因此极力游说沈骏,把这女孩发展成为唯一固定的女友。

在梁薇的极力劝导下,沈骏差不多有这个意思了。可是,突然有一天,沈骏又带回一个女孩。当他们亲密地携手从楼梯上来的时候,梁薇愣住了,她暗忖,沈骏这家伙,真是滥情得不可救药!梁薇正好要去公司上大夜班,无可奈何,只好先站在楼梯口的一边,等他们先上来,自己再下去。梁薇拿眼睛快速扫描了这个女孩子,只见这女孩身着一条玫瑰红的背带裙,大片光滑的胸脯、肩颈和后背,赤赤地裸露着,却又把一头长长的卷发,保守地编成两根早已过时的麻花辫,规规矩矩地从耳后顺下来。这样风格相左的装扮,到了她身上,却也交汇出别样的风情来。梁薇不禁又细瞅了她一眼，只见这姑娘大大的脸盘上，呼扇着一双大而活泛的眼睛，微黑的肤色里沁出悦目的红润。"梁薇，这是我朋友一斓。"沈骏给迎头相遇的两个女孩做介绍，那迷死人的脸上，漾起迷死人的笑容，"这是我表姐梁薇。"这个叫一斓的女孩，马上对梁薇绽放出非洲菊一般甜丽的笑容，随着烫卷上去的睫毛的上翻，望向梁薇的大大的眼睛里，有着超乎甜美之外的某种定力，没有一丝游移。梁薇想，这个女孩不一般。可是，纵然心中闪过这样的念头，梁薇也还是以为，这个女孩，和沈骏身边众多的女孩那样，只是沈骏身边来去匆匆的伙伴之一。沈骏的女友，哪一个又是一般的呢？

让梁薇料想不到的是，这个叫一斓的女孩，居然住下来了。

梁薇上大夜班的时候，是第二天早晨才回家来。梁薇回来的时候，听到沈骏的房门"吱"地开了，一个披着粉色丝绸睡袍，洒着一头大波浪卷发的女孩，急急出来。她摇曳着丝绸睡袍水一般柔软晃荡的白光，向卫生间跑去的时候，迎面瞥见梁薇，她略停了一下，匆匆向梁薇笑点了下头。"一斓！"梁薇在心里惊呼了一声，尴尬的笑容僵在她缺觉的惊讶的脸上。

更让梁薇想不到的是，一斓就这么长住下来了。

一斓和沈骏在本市的同一所本三大学念书，一斓常常是上午去上课，下午没课待在家里。一斓没课闲在家里，就帮二姨干家务活。从此，家里常常上演这样一幕：一斓在厨房里挥汗如雨地炒菜做饭，沈骏呢，要么还在外面玩，要么正消闲地架着长腿，姿势俊逸地在客厅陪二姨看电视。当一斓从厨房一趟一趟地端出炒好的菜烧好的汤，放到餐厅的餐桌上时，一斓那过于善解人意的乖巧，总使梁薇觉得一斓是这个家庭的局外人，不像这一家的准儿媳妇，虽然一斓的年轻靓丽一点也不逊于沈骏。等梁薇看清坐于厅堂中的二姨的神态之端然时，梁薇就明白了，一斓在这个家中根本就像《红楼梦》中的金钏，而二姨，就是王夫人。

吃过饭，一斓总是争在梁薇前头，去刷碗。每当梁薇看着穿得很潮的一斓，把那双漆着亮闪闪的指甲油的手，浸在洗碗水的浮油中，与碗里食物的残渣一起搅腾时，从小痛恨洗碗的梁薇，就在心里想，以后，有没有可能，有那么一个人，让自己爱到心甘情愿为他洗碗的地步呢？梁薇不可思议地想。

一斓为什么要如此曲意奉承呢？如此新潮前卫的一斓，为什么能抑着自己的天性，日复一日地屈在家里，过早地往黄脸婆的路上赶呢？只有一种解释，她太爱沈骏了！梁薇这么想时，隐隐地，就有些为一斓的未来担忧了。

有一天，梁薇惊讶地发现，沈骏房间里的单人床，换成了双人床，原来的薄窗帘，也变为一大幅厚重的紫色落地天鹅绒窗帘。沈骏的房间因此不但更舒适，也更私密。当梁薇知道这一切都是二姨交代办下来的时候，梁薇暗自替一斓舒了一口气，看来，一斓是初步过了二姨这一关了。梁薇是深知二姨选儿媳妇标准之高，眼光之挑剔以及对沈骏掌控之严格的。

梁薇晚上回来，常看到沈骏亮着灯的卧室，被厚实的窗帘捂得严严实实。可是，厚实的窗帘和关闭着的门后，不时传出暧昧不明的嬉笑声，这时，梁薇就会面红耳赤地想，二姨真是糊涂，一斓二十一岁，沈骏也才二十一岁，还都是大孩子！不过，久而久之，习惯之后，二十五岁尚在茫茫人海中寻寻觅觅的梁薇，有时也会在心中暗地里羡慕起这两个好得蜜里调油的宝贝来——这是她自己都不愿承认的，可是，有时候，事情就是这样。

半年后，那厚实的窗帘和关闭着的门后，不时会闷闷地传出沈骏和一斓尖利的吵闹声，就像花丛里探出的蒺藜。吵架的原因，基本上是一斓气沈骏晚上出去玩到不知回来，或在沈骏的手机里翻到女孩子给他发的亲昵短信。他们吵了好，好了吵。吵到最后，二姨忍无可忍地开腔了，凉嗖嗖的，旁观者一般含糊而又明了地说："两个人在一起，一辈子的事，你们可要想好！"二姨虽然说的是"你们"，实际上，指的只是一斓。

有一次吵凶了，二姨上到楼上，站在沈骏门口，拉下脸，厉声说："都出去，到外面去吵！"二姨边说，边用食指直直地戳着门外。听到二姨发话，两人立时噤了声，沈骏傻眼了，呆呆地站着，原本吵得面红耳赤的一斓，脸刷地白了，接着眼泪啪啪啪地流了一脸。二姨也不看他们，说完就干脆利落地转身下楼。沈骏看二姨走了，便也夺门而去。一斓忽然跳起来，一脚踢翻身边的椅子，接着翻箱倒柜，噼里啪啦地把自己的东西一股脑儿塞进箱子和大提袋，连提带拉地拖进电梯，下到地下车库，胡乱扔进车厢,然后呼地把车开出去。整个过程,二姨都闷在她的卧室里,不出一点声气。

两个人在一起两年,好得如胶似漆,说分手就分手,就成了陌路!一斓的离去,二姨并不在乎,却心疼资助她买车的五万块钱。二姨越想越亏,着人去跟一斓说,要一斓还她那五万块钱,没想到一斓狠狠地捎过话来说:"有种的,自己来拿!"二姨听了这话,便知道遇到比她更强悍的对手,又自觉理亏,愣了一会儿,才当着捎话人的面,狠狠地说:"呸!"二姨说"呸"的时候,梁薇陪站在一边,看到二姨有些白的牙齿上闪过一道小寒光,暗自吃了一惊,她觉得眼前的二姨陌生得可怕。

二姨就这样"呸"地了结了一段恩怨。

半年后的一天傍晚,梁薇下班回来,正要从包里掏锁匙开家门,忽然看到沈骏也回来了。梁薇笑着揶揄道:"哎呀,晚上一个人?少见少见。"沈骏用那双纯纯的大眼睛,瞅着梁薇,正要回敬表姐两句,梁薇的手机响了。沈骏从梁薇手中接过锁匙,改口说:"我来吧。""……好,好,我和沈骏自己煮。"梁薇尚未说完,沈骏用调侃的口气问梁薇:"我妈吧?""是,她在外面,不回来吃饭,叫我们自己煮。""煮饭?干脆我请你到外面吃吧。""算了,还要出去。""咦,今天不是你的生日吗?走吧走吧,给你庆生去!""哎呀,我自己都忘记了!"梁薇喜悦得两眼放光,和沈骏把刚打开的门,一锁,转身就说说笑笑着出去了。

两人选了间颇有情调的羊肉火锅店，就着小火锅，罩在暖暖的灯晕下，美洋洋地涮起羊肉。沈骏给自己和梁薇都斟了红酒，然后擎起高脚杯，叮地碰了梁薇的酒杯，说："生日快乐！"话未说完，沈骏便忙摸口袋，原来是手机在口袋里大震，手机掏出来拿在手中，还像个唠叨的妇人那般震个不停，沈骏瞟了一眼号码，眉头皱了皱，便起身到一边去说话。一小会儿，沈骏就折回来了，一边嘴里淡淡地在说："结就结嘛……"说完，啪地合上手机盖子。沈骏坐下来，脸色灰灰的，拿起刚才的酒杯，无言地闷喝了一口。旁边的梁薇嗅到一丝颓然的气息，隐隐知道是谁的电话，她小呷一口红酒，扬眼瞥一下沈骏，问："谁的电话？""一斓"，沈骏低沉而淡漠地说："她说，她要结婚了。""跟谁？"梁薇追问了一句，她虽有所预感，还是颇感突然。"谁知道！"沈骏的口气仿佛事不关己，神色却又有点黯然。

一斓选在国庆节结婚，梁薇在婚礼的前一天去看她。梁薇本来要按惯例，包个红包给一斓，又觉得以自己与一斓特别的情分，不太合适，因此，出发之前到商场溜了一圈，提了一套精美的青花瓷餐具。梁薇以前曾经跟沈骏和一斓到过一斓的家，所以，不费什么周折，就在一斓家住的小城，找到一斓的家。在一斓家小区门口的花店里，梁薇又买了一束鲜花。老板把花包在玻璃纸里的时候，梁薇听到花店的电视里歌星苍凉地唱："信箱出现一张美丽的明信片，翠绿的山脚，木屋袅袅的烟，但我惊讶的却是背

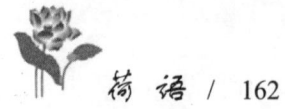

面,你熟悉的字迹竟已相隔多年,那一句话是你离开的玩笑话,搁在我心里,灰尘堆成了塔……"把梁薇的心唱得凄楚起来。看着这个楼房偏于低矮,民风依然较为纯朴的小城,梁薇又心酸地想起一斓在二姨家挥汗如雨地做饭,抢着洗碗的情景。"山无棱,天地合,乃敢与君绝。"天长地久,难道只能存活在诗词中吗?梁薇感伤地想。

梁薇按响门铃,来开门的,恰是一斓。她睁得大而圆的眼睛里,迸射出意外而喜悦的光芒。一斓一把把梁薇拥进客厅浓郁的喜庆气氛中。梁薇刚把礼物放到桌上,就有一斓家的一位亲戚,喜滋滋地捧过一杯茶来,她用和善的眼光瞅了一眼梁薇,侧头问一旁的一斓:"斓斓,她是……"灵活的一斓,愣怔了一下,梁薇忙说,自己是一斓的朋友。

梁薇和一斓关在一斓的房间里,聊一些婚礼的事,两人都想说得热闹贴心,却又都怕触碰到不能触碰的地方,因而反而谈得有些虚飘生分。幸好聊上几句,一斓就被叫出去接待来道喜的亲戚朋友。梁薇坐了一会儿便告辞要走,一斓留不住,抛下一屋子的亲朋,把梁薇送到小区门口的车站,才幽幽地问:"听说,沈骏又有了女朋友。""是。"梁薇说了实话,准新娘子的眼神立即黯淡下来。梁薇站在节日气氛浓厚的大街上,瞅着一斓忧郁的眼睛,想,一斓就要跟别人结婚,心中装着的却还是沈骏,心中五味杂陈。

梁薇再见到一斓，是陪二姨去一家叫做"花样年华"的美发店做头发。二姨染发，梁薇陪着坐在一旁翻一本美发杂志。梁薇看得眼睛发酸起涨时，抬起头，忽然瞥见一斓，她正从外面推门走进来。一斓也看到梁薇，还从镜子里认出二姨，忙笑吟吟地急步走过来。一斓走到梁薇身边，不但热情如常地和梁薇打招呼，还亲亲热热地冲镜子里的二姨叫了声："伯母！"二姨正好做完头发，站起来，见是一斓，有些尴尬，脸上讪讪，但见一斓笑容满面，大大的脸盘像完全盛开的非洲菊，遂也在一秒钟内堆叠起一脸的笑容，自如地和一斓说笑起来。梁薇站在一边，十分惊讶于一斓的心无芥蒂和二姨的大方练达。梁薇正自惊叹，又惊讶地看到，一斓穿着的是孕妇服，宽柔的裙服里，腹部如胜利的果实般顶出来。二姨也瞧见了，她一向毒毒的眼光，快速地扫过一斓的腹部，脸上漾起暧昧不明的笑容。两种不太相同的笑容，在二姨脸上厮杀了一下，才固定下来，融成一种让人没得挑剔的得体的笑。一斓迎着这样的笑脸，坦坦然然地告诉二姨和梁薇，她就在这家美发店做美发师。二姨又带着这样的笑容说："好啊，很好嘛！"口气亲切得像一斓至亲的长辈。

再次的不期而遇，是在二姨家附近的松涛湖公园。原来，一斓的婆家也就在附近。那天傍晚，梁薇挽着二姨缓缓地走在公园绿草地中的小径上，她们闲聊着什么的时候，偶然抬头，两人同时看到一斓！一斓推着婴儿车，站在开着灼灼花朵的凤凰树下。一斓也看到梁薇和二姨，脸上漾起和凤凰花一样灿烂的笑容，那

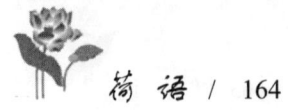

笑容引着梁薇和二姨的脚不由自主地向她走去。看到梁薇和二姨走来，一斓也推了婴儿车笑盈盈地迎过来。一斓穿着休闲服，宽松的休闲服显得有些饱满，微黑的肤色褪去，白里透红的脸庞像汁液丰盈的水果，一副被滋养得很好的年轻妈妈的样子。二姨先是见到自家亲戚般地和一斓亲热地攀谈起来，接着俯下身子，笑眯眯地用食指划着婴儿的小嫩脸蛋儿，逗他，一斓急忙笑吟吟地对宝宝说："叫奶奶呦，宝贝，快叫奶奶！"二姨听到一斓让孩子叫她"奶奶"，脸上现出一点不自然的神色，但看一斓说得亲亲热热，脸上的笑容像蛋糕上的奶油那般甜蜜柔滑，也忙竭力拂开心中酸酸的醋意，对婴儿漾起一脸亲奶奶一般慈爱的笑容，伸出一根手指头去让小孩握着，并以长辈的口吻掩去心中的虚情，欣喜地说道："几个月了？瞧这小手，还蛮有劲的！"梁薇站在一旁，对一斓的大方和二姨的老到，深深叹服，她们一个只读了本三大学，一个才念到高中，对付起生活中的人和事，比自己这个全国重点大学的毕业生圆融多了。

一斓的特别，使梁薇从一开始就无法不喜欢，现在是比一斓在二姨家时，更喜欢她了。梁薇在一个独自在松涛湖公园散步的黄昏，还去了一趟一斓的家。

那天，梁薇在松涛湖公园里遇到傍晚抱了孩子出来散步的一斓。梁薇跟一斓坐在公园草地边的石凳上闲聊，忽然，一斓的胳膊上滴滴答答地下起小阵雨。一斓"哎呀"叫起来时，她的裤子已湿了一片,原来是小家伙尿尿了。"我得回去换了",一斓作一脸苦状跟梁薇说:"一起去我家吧。"不知一斓婚后生活境况如何,梁薇有些好奇,因此爽快地说:"嗯,好。"

出公园,穿马路,绕到二姨家那栋大厦后面,眼前便出现与外面现代化高楼反差很大的盖于上个世纪九十年代初期的几栋陈旧宿舍楼。一斓的家,就在这些宿舍楼里。梁薇跟着一斓,走进其中的一栋,一道发黑的水泥楼梯把她们带上六楼,一斓从裤子口袋摸出锁匙打开门,推进去,屋里不像外表那般陈旧,还挺亮堂的,应该是一斓结婚时新装修过的,只是装修得简单粗糙,两室一厅的旧格局的房子里,客厅即是饭厅,十分拥挤。一对衰萎的老人缩着脖子窝在沙发上盯着电视屏幕,他们应该是一斓的公公婆婆。旁边的餐桌上,一个年轻男人正埋头吃晚饭,他看到一斓湿了裤子回来,忙撂下饭碗,嘴里哄着过来把小孩接过去,同时朝一同进来的梁薇点点头,算是打招呼,一副朴实纳言的样子。"我老公。"一斓笑笑说。随着一斓的介绍,梁薇认真地端详了他一眼,只见他跟一斓差不多高的个子,厚厚的嘴唇,细眯眼睛,从外表看,如果说一斓像一朵鲜丽的花,她老公则像平凡的绿叶。沙发上的老妇人,挣扎着起身,颤颤地拿过布来,含糊地抹了抹另一张显然是让小孩弄脏的沙发,请梁薇坐下。虽是擦过,可沙发看起来还有些粘乎,有股尿臊味,梁薇怕弄脏裙子,也怕那气味,只在沙发的一角轻轻斜坐。梁薇打量着一斓的这个家,有些悲哀地想,一斓如果没有和沈骏的那一段,以她出众的

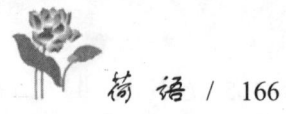

亮丽和活络,一定会有更好的选择。

进卧室去换裤子时,一斓轻拍了一下梁薇的肩膀,带了她一并进去。一斓的卧室倒是比较大,带卫生间,收拾得也干净整齐。一斓边开衣柜拿裤子,边自嘲地低声笑说,以前找自己爱的男人,现在嫁爱自己的男人,还是这样好!一斓又说:"老公在区财政局开车,我还在'花样年华'做美发师。我喜欢这行当,下次你来我给你做个好看的发型。"说到这里,一斓的大眼睛里忽地放出夺目的光芒。看着那忽地强烈起来的光,梁薇想,这就是一斓人生的支撑点了。

后来,梁薇想把一头长及肩颈下的头发拉直,借以改改运气,于是想起一斓。梁薇打一斓的手机,一斓说:"好啊,梁薇,我们约个时间,最好不要周末,周末我客人太多。"梁薇最后和一斓约了周一晚上七点半。那天梁薇到的时候早了十分钟,一斓去吃饭还没回来。梁薇在店里四处逡巡了一下,看到墙上有一块价目牌,牌上有几位美发师的照片、名字和价目表。梁薇看到一斓的相片也在上面,一斓摆着个POSE,明星一般地在上面熠熠发光,照片的旁边,写着"首席形象设计师",还标着价格。梁薇上下浏览了一下,一斓的价格是店里第二高的。这是梁薇意外而又意料得到的事,梁薇欣然想,一斓的不一般,终于在这里显露出来了!

梁薇这么想着时,一斓回来了。半年不见,一斓修了个短发,初当妈妈时的虚胖消失了,不过到底因为还年轻,人瘦下来了好些,皮肤却依然丝绸般的光滑。一斓穿着无领无袖白色直筒连衣裙,脖颈上垂着一条细细的吊坠白金链子,浑身上下简洁干净利落。一斓唤来店里的小妹,给梁薇再续了一杯茶后,就说:"梁薇,坐这,我们开始吧。"一斓给梁薇的脖子先掖了条毛巾,再给她披上店里的白围布,接着就细致地给梁薇修剪起来。梁薇从贴近她站着的一斓身上,嗅到一丝隐约的奶香,这让梁薇心中无端地漾起一股家常的温暖的感觉。一斓咔嚓咔嚓地从容地剪着,刀法娴熟。听着那有韵律的金属声,梁薇觉得那声音里有着一股超出母性的力量。

一斓看梁薇静静的,就说:"梁薇,你还在那家公司上班吧?""是。"一斓的声音里,一直含着一份亲情,因此,梁薇接着又告诉她:"我刚考了区财政局的一个事业编制,入围了。""哎呀,恭喜恭喜,现在公职人员最吃香!""唉,我已经入围过两次了,最后面试都没过。"一斓从前面大镜子里,看到梁薇的脸瞬间晦暗下来,眼睛晶亮起来,仿佛随时要涌出眼泪来。梁薇本来长得有些像沈骏,这个神情,更像沈骏了,这让一斓的心,止不住地颤了一下。每一次参加这种考试,对梁薇都是一次极大的折磨,这种折磨,甚至超过当年的高考,因此,梁薇又沮丧地对一斓又说:"不考也罢,可又不甘心。""区财政局……"一斓微感惊讶地提升一点音调问,刚问了半句,只见单

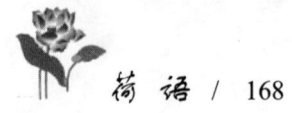

间的玻璃门被推开了,又进来一位女宾。这位女宾身材有些发福,穿着简单的休闲服,却有一种不属于一般女人的气度和威严,从她不徐不疾的举止中带出来。一斓忙收住口,停下手里的活,招呼她:"您来了,真准时,请先坐一下,我这就好!"一斓说着,急忙招呼店里的小妹倒茶来。一斓满面笑容,热情恭敬地招呼她,却没有谄媚和讨好。一斓接着嚓嚓嚓地又给梁薇修了几剪,然后就叫一旁的徒弟开始上药水。比起前面来,后面的刀法,细致里似乎有了点急迫。梁薇暗自思忖,这位女宾是谁呢?

　　两天后的傍晚,梁薇独自在松涛湖公园的草地上散步。夕阳西下,绿草如茵,晚风一阵一阵把远近孩童及母亲们的笑声传来。傍晚的松涛湖公园明快怡人,梁薇想,人们怎么能生活得如此舒心快乐呢?梁薇脚步犹疑散乱,心中焦虑烦躁,明天的事业单位面试,如果再失败,怎么办呢?青春已渐行渐远,成家和立业,一事无成。大学同学中,有嫁了成功男早早当了母亲当了阔太的;有考上公务员当到科长的;就是一斓,也算是事业有成了。"天多高路多长心有多大,千江水千江月何处是家,朝为露暮为雨若即若离,冷的风暖的风付之潮汐……"《大长今》的主题歌,像一条带着落英飘荡的忧伤的小溪流,凉幽幽地从梁薇的心中流过。直到一曲终了,梁薇才恍悟,是自己手机的彩铃。梁薇急忙从包里拿出手机,一看,是一斓打来的。梁薇忙回拨过去。"怎么都不接啊,梁薇?"手机里传来一斓的声音,"明天你要面试是吗?用手机把你自己拍下来,再把你的简要情况一并写下来,发彩信给我,我来帮你想点办法。""能告诉我,你认识谁吗?""大前天,你来做头发时进来的那位,就是区的财政局局长。我还有几位关系好的客户,我再问问她们可否帮帮你。"

面试的这天,天高云淡,梁薇穿上自己最喜欢的嫩绿色裙子,迎着微凉的秋风,走向面试地点。前一夜,梁薇睡得特别好,此时不但神清气爽,还感到心中涌动着一股久违的激情。

梁薇考完回家,二姨在家里等她。"小薇啊,考得怎么样?"二姨倒了一杯茶,递给梁薇,关爱地询问。"今天好像发挥得不错。"梁薇笑答道,把一斓帮助的事,也一并说了。"这丫头是有些本事,人也不错。唉!"二姨短促地"唉"了一声,就不再言语了。梁薇知道二姨现在对一斓的离去有多后悔和遗憾,尤其是沈骏后来再交的女朋友,一个比一个不及一斓。更让二姨生气又毫无办法的是,仿佛是由于一斓的前车之鉴,沈骏现在交女朋友,根本不再带回家来,两人整天在外不知干些什么事,一回来,就向二姨要钱。

网上公布结果的前一夜,梁薇一夜都在焦灼、恐惧混合着莫名惊喜的梦与醒之间。到了早晨,梁薇精神几乎要崩溃了,突然手机铃声大作,梁薇吓得跳了起来。原来是一斓,竟然是一斓,她激动得有些语无伦次地说:"梁薇,快,快看,你被录取了!"一斓比自己更早看到自己的录取结果!梁薇急忙打开电脑,看到自己的名字跳出来时,梁薇的眼泪哗啦啦地流了满脸。梁薇就这

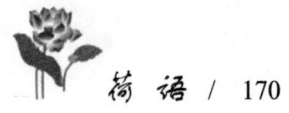

么挂了一脸的泪水去敲沈骏的门,要他起来一起看录取结果。

敲了许久,梁薇才把沈骏闹醒。"姐,什么事?"沈骏从打开的门缝,伸出半颗沉重的脑袋,翻起沉涩的眼皮,瞅了梁薇一眼,声音低沉地问。看到沈骏满眼血丝,下巴满是密密麻麻的黑胡茬,梁薇吓了一大跳!梁薇吃惊地急问:"沈骏,你这是怎么啦?""姐,我正要找你。""什么事?""你有钱吗,先借我救救急。""你要钱做什么?"梁薇更吃惊了,心都提到喉咙口了。"我赌,输了。"沈骏颓丧地说。"输了多少?""七万。""天啊!你妈知道吗?""千万别告诉我妈,要不我就死定了。先把钱借我吧,我会想办法还你。"沈骏哀哀地求。"我只有一万多块啊!""你先拿来借我,其他的,我再想办法。"沈骏眼睛更红了,红得仿佛随时会流出血来。梁薇不忍再说,急忙回房换下睡衣,出去取钱。

大清早的,街上人车稀少,梁薇也顾不得许多,张望了一下,就把几张卡里的钱,全部取出来。梁薇回来,刚把钱从包里拿出来,沈骏两手就急忙抓过去,攥住救命的稻草一般。

一连三天,沈骏天天早早出去,晚上等二姨睡下,才偷偷摸摸地摸上二楼来,一上到二楼,就立即把房门关上,蒙头睡觉,生怕二姨听到声响叫他。第三天晚上,梁薇看他如在油锅里煎一般,实在不忍,叫住他,悄悄地问:"借到钱没有?"一听到钱,沈骏的头,垂得更低了,他哽咽着求道:"姐,能不能帮我再想想办法?"对月赚两千多块的梁薇来说,七万简直是天文数字。可是,梁薇看着眼前的沈骏,连摇头的勇气都没有。

第四天,梁薇上小夜班很晚才回来。她从卫生间里刷完牙出来,忽然瞥见沈骏,游魂一般地从楼梯悄没声息地上来。梁薇房间里台灯的光,从门的缝隙间射出来,正好打在沈骏的眼睛上。我的天,才几天工夫,沈骏的眼窝就已深陷下去,在那光影里,活像骷髅!梁薇想,挨到第五天,沈骏再借不到钱,就要实话跟二姨说了。

第五天晚上,沈骏回来时,已近凌晨2点。梁薇已睡下了,听到沈骏的脚步声,梁薇慌忙爬起来,走到沈骏房里。梁薇无奈地劝道:"沈骏,实话告诉二姨吧。""姐,我借到钱了。""向谁借的?""一斓。"沈骏说着,憔悴不堪的脸上浮起一丝劫后余生的凄惨的笑容。梁薇万分惊讶地瞪大眼睛,愣愣地看着沈骏,说不出一句话来,她想起曾经去过的一斓的那个家,十分难过地想,一斓哪来那么多的钱啊?沈骏,你真是作孽,把一斓害得还不够吗?

这事过去一阵子之后,有一天,梁薇约一斓喝茶。梁薇刚到约定的茶馆,就看到一斓从出租车上下来,微笑着向她走来。梁薇疑惑地含笑等一斓走到身边,才问道:"你今天怎么没有自己开车来?""等下说。"一斓说着,挽了梁薇的手,一起走进茶馆,走进梁薇预定的包间。

梁薇心中隐隐有某种预感,所以和一斓说了几句闲话,就又忍不住问一斓:"为什么不自己开车来?""为什么?"一斓无比沉重,又无比轻松地说,"为什么?因为要帮助沈骏还债,卖掉了。""卖了多少?"梁薇的心酸多于意外,一斓当时买那辆车花了十几万,她家把要给她当嫁妆的钱都提前给了她,二姨又给了她五万,才凑足买车的钱。一斓结婚的时候,嫁妆,就是这辆十几万元的车子。梁薇吃惊地又追问:"卖了多少钱?""五万多。""难道是为还当时二姨赞助的五万块?"梁薇继续追问。一斓从茶杯上抬起那双大眼睛,定定地瞅着梁薇,然后转开,空蒙地看着窗外大街上熙来攘往的人和车,好一会儿,才说:"梁薇,你能对着一双绝望到快要自杀却又把全部希望都放在你身上的眼睛说'不'吗?"梁薇在一旁,看到一斓精明的大眼睛里,有些精明以外的东西,在眼底闪亮着。

自此后,沈骏彻底安静下来,直到梁薇的孩子会叫舅舅了,沈骏还是安安静静地一个人。几年间,无数的人给他牵过线,他每次都会去跟人家面对面地坐坐,只是坐完之后,第二天再问他感觉如何的时候,沈骏必定会无辜地大睁着眼睛,失忆般地望着你,一脸的茫然和不知所措。现在,除了二姨,没有人愿意提起沈骏的婚事。

(原发表于《泉州文学》2012年第2期)

办公室的美女们

中午十二点四十分了,大家已吃完午饭,又纷纷回到办公室来。老张嘀地打开电脑,要玩会儿;林姐推开藏在角落的沙滩椅,正欲躺下休息;沈如云在哗哗地翻一本闲书。"眼睛歪到哪里去了?"这时,从隔壁办公室传来秘书周小姐的"骂"声。骂的自然又是张小崎了。

她们两人大概都忙到现在,午饭都还没得吃。周小姐那清亮的嗓音,穿透力极强地传过来之后,紧接着,又传来"啪"的一声,是周小姐把文件甩到小崎桌上。大家的心,都在各自的胸腔里跟着往上提了一下。沈如云仿佛看到,周小姐那倾泻在肩上的拉直得很流畅的头发的发梢,随着那"啪"声,惊魂般地飘忽上去。

办公室里鸦雀无声,大家都不想在这时说话,假装专心地在睡觉或放松。正在电脑上"斗地主"的老张,深深的法令纹,蝙蝠的翅膀那样张了张,鼻孔里喷出一些气体,阴阴的脸上流露出

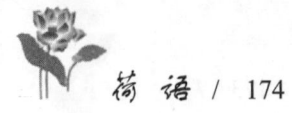

一层不以为然的青光,也不说话。说什么呢?谁愿意没事找事去得罪老总的秘书小姐?

在办公室坐久了,都练就了这种收敛的"内功"。

沈如云仿佛可以看到周小姐那张有八分像赵雅芝的脸上,闪着冰一样的寒光,冒着凛冽瘆人的寒气。可惜了那张脸形可人、五官俊美的脸;可惜了那可以把赵雅芝周润发版《上海滩》主题歌唱得让人荡气回肠的嗓子。沈如云对着打开的书本,心惊而遗憾地想着:周小姐,是不是有心理问题?

沈如云从她少女时代起就迷赵雅芝,她几乎看过所有赵雅芝主演的电视连续剧。初进这家公司,第一眼见到酷似赵雅芝的周小姐,心中猛地窜出的一个词——"风华绝代"!

在沈如云进这家公司时,小崎已经在公司的总经理办公室做文员。总经理办公室里的人,即使是个文员,在公司里,都是小有头脸的人物。因为,在老总身边的,是他们;传达公司最高领导人的"旨意"的,是他们。那些乖巧伶俐的,是可以混成《红楼梦》里贾母身边的鸳鸯、琥珀的。

可是,小崎,她天生就不是"乖巧伶俐"的那一类女孩。更糟的是,小崎的容貌还偏差,枯干的头发、黄瘦的面颊、刻板的衣着,在公司一群花朵一样争妍的美女中,她就像一枚陪衬红花的粗硬的绿叶。这可能是她年届三十尚未觅得郎君的重要原因。

可是,在公司里,无论老总还是最下级的职员,全都喜欢小崎。只有周小姐，可能例外。

在公司里，老总是工作狂，老总的秘书周小姐做事认真，为人苛刻，因此，小崎每天上班，就得像陀螺那样转着。中午十二点了，沈如云去交材料，顺手扳扳小崎的肩膀，说："小崎，咱吃饭去。""你看，桌上还有好几份文件要送，你先走吧。"下午下班，沈如云顺路再去叫她，小崎必定还是说："我还早呢，还有好几个会议要通知。"有时，小崎已经到公司食堂吃饭了，周小姐，甚至是部门的小职员，有急事找她，她都会快速扒完饭，一头就赶回办公室。好不容易歇周末了，公司有事找她，她搭了十几站公交车，一刻不耽搁地赶到公司。大冬天的，早晨一路赶来，鼻头冻得通红流涕，刘海下却卧着一片细密的汗珠。

忙就忙点，也没啥。公司里，谁不忙？只是在周小姐手下做事，一点小差错就挨训，实在不是人干的活！

小崎出人意料地，找了公司业务部的职员做男朋友，大家知道时，已是临近他们结婚的时候了。

按公司规定，本公司职员与职员结婚，一方要辞职。因此，小崎就不得不回家当全职主妇了。

也好，找张长期饭票，离开周小姐。沈如云替小崎惋惜的同时，也替她庆幸。

小崎的婚宴，沈如云去迟了。进到酒店的宴会厅时，菜已上了。沈如云边寻找座位坐下，边睃了一眼主桌。呀，周小姐，新娘旁边坐着的，竟是周小姐！周小姐少见地穿着高领、丰胸、挺

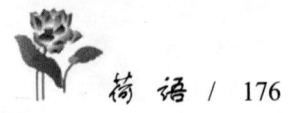

腰,喜气洋洋的玫瑰红旗袍,端坐着、微笑着,嘴角因频频的笑意,而顶出两个小小的折子,而闪闪地露出甜美和妩媚。沈如云惊讶地远远望着,想,以小崎的为人,连周小姐这样势利刻薄的人,也不能不从内心认可她,在她离职前亲自前来祝贺。

"看,他们公司的周小姐……离婚……跟老总好上。"沈如云的身边,坐着两个女人,一直在窃窃私语,沈如云开始并不在意,她的眼光被新娘、新郎、周小姐紧紧牵动着。当这句话片段零星地飘进她的耳朵里,沈如云才吃惊地瞟了她们俩一眼,才恍然大悟,难怪周小姐阴晴不定、尖酸刻薄,老总却视若不见!

周小姐后来招了阿紫,顶替离职的小崎。

阿紫来报到的那天,沈如云正好有事去办公室,阿紫正拘谨地斜坐在椅子上,低头喝茶。见沈如云走过来,阿紫从纸杯上,抬起一张被热茶微微氤湿的脸。沈如云一看,那是一张荷叶那样的小薄圆脸,一双圆而大的眼睛,看似有些羞怯,却在羞怯神色的掩映下,活泼泼地转动,像荷叶上滴溜转动的水珠。

阿紫也许是大多数时间坐在办公室的缘故,不到半年,随着对环境和工作的熟悉和顺手,人迅速地胖了一圈。荷叶般的小薄圆脸,变成面团那样浑厚的圆。嵌在这张脸上的眼睛,圆、大、乌黑,很活,酷似芭比娃娃,但细看,已失去荷叶水珠的澄澈。因为这样一双眼睛,二十五六岁的阿紫,看上去,只有二十上下的模样。这双芭比娃娃的眼睛,此时看人也变了,眼光会随着刷子一般长而黑而上翘的睫毛,从下而上地把人刷上去,然后停留在对方的脸上,掂量片刻,闪射出一股与她的外表迥异的尖锐。在某些时候,沈如云觉得,阿紫就是周小姐的影子。这到底是跟着周小姐耳濡目染,还是就是她原有的本质?

在她每天一趟一趟地往老总办公室送文件的路上,最常见到的场景是,公司一般的办事人员,甚至像沈如云这样好歹也混到部门经理助理的人,要求她派车出去办事,要求她临时再帮送个文件给老总签,她经常就是两手在胸前交抱着一叠文件,眼睛朝上翻出眼白,然后斜斜一轮,断然斥道:"没车!"或"自己去!"然后头也不回,眼光盯着老总办公室的门,高跟靴子一路"哒哒哒"扬长而去,甩下急着办事的人,干瞪眼。

有一次,沈如云要出去见客户,找阿紫派车。阿紫正埋头整理文件,头也不抬,眼也没看,出口就说:"没车!"沈如云无法,只好准备自己打的去。刚下到楼下停车场,赫然看到公司大大小小几部车停在那里。沈如云一见,血往上涌。这时,客户突然打电话来,说临时有事要改约。于是,怒火满腔的沈如云,迅速乘电梯上来,不顾一切地想找阿紫理论。

刚走进阿紫办公室,却见她拿了一叠材料,匆匆赶往周小姐办公室。沈如云紫涨着脸,紧随其后,跟着到周小姐办公室门口,咬牙,等着。"不看清楚,长那么圆的眼睛,做什么!"如云正恨着,忽然听到里边突兀地传来周小姐一叠的训斥声。随即,见

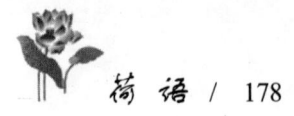

阿紫红了眼圈出来,低着头,从沈如云面前匆匆走过,沈如云呆呆地远望着她那副"我见犹怜"的可怜相,忽地泄了气,跟着也走了。

　　沈如云灰心失意地要走回部门办公室,忽然见到林姐在阿紫办公室门口,用尖尖的手指,轻招她。等沈如云走近林姐,林姐却又不言语,只拿眼珠子往左瞟,然后丢了个意味深长的眼神。沈如云狐疑地往里一探,原来,里头后勤部马经理正在跟阿紫要车出门。只见阿紫一边甜蜜地笑着,频频轻轻颔首,一边手指头忙着在按电话,大声地叫司机备车。阿紫的笑容从她圆圆的小嘴,幅射到整张脸,使得那张小圆脸,成了一朵对着日头盛开的太阳花。沈如云虽然知道阿紫对那些手中有着大小权力的部门经理都热情似火,但对她这么迅速就能与几分钟前判若两人的应变能力,还是哑然佩服。这样迅速调适,适应境遇的能力,我辈望尘莫及啊!在如今这个物欲横流、适者生存的时代,阿紫恐怕要成大器。如云心中震动地想。

　　说起这个阿紫,还不止如此。去文印室复印时,即使她晚来好几步,即使别人的东西已放到复印机里要开印了,她也有办法让人家拿出来——她会双手拨开等着复印的人,口气很大地说:"这是范总要的,我先印!"她知道,一提到同事敬畏的范总,大家的眼前马上就会出现范总那节省言笑,铁板一块的脸,众人就只有共同英雄气短了。公司的人都在大厦的同一层办公,等电梯时，电梯门口聚集着的大多是公司里的人。电梯来了，有时因为人太多，有些人要再等下一趟。逢到阿紫被挤在电梯外，如果没有其他级别高些的领导在场，她便会口气很冲地跟人说："我先进，周小姐要我快些回去呢！"老总的秘书，在同仁眼里，差不多就是老总本人了——何况周小姐和老总还是那种关系。于是，就会有人主动走出电梯，换她进去。对于她的嚣张，沈如云曾想趁乱，狠跺她一脚，却又怕她告到范总或周小姐那里，自己吃眼前亏，只好暂时咽下这口气。

总之，在阿紫的眼里，这些平凡的公司人，只是公司的尘埃。

阿紫终究是太年轻，没有去想过，世事变迁，有时会变幻出令人意想不到的结果！

阿紫最终还是被踢出局。有人说，是因为她对人实在太张狂；有人说，是要进新人；不过，也有人说，是她自己不乐意干了。

一天早上，沈如云刚走进部门办公室，就听到林姐在问老张："你刚才去公司办公室送文件，看到新来的文员小姐了吗？"林姐边问，边递给老张一杯香气氤氲的咖啡——他们背后互相不卖帐，表面上却挺默契，彼此一呼一应，一唱一和——都是老江湖！老张从鼻孔里喷射出两股白烟，弥漫开来，遮住了那张法令纹深深，肌肉松弛下垂，有些像狮子的面孔，阴阴地说："有。听说，此人家世背景不一般！"

林姐和老张，是部门办公室的"路透社"。他们传播的消息，

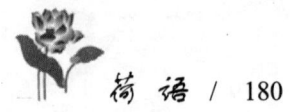

具有新、准、快的特点。沈如云听在心头,不做声地在自己的座位上坐下,打开电脑,开始做事。过了半个小时,终是按捺不住,佯装信口说了一句:"我去送文件。"就到公司办公室去了。沈如云太想去看看那位神秘的"美女"的庐山真面目!

一进公司办公室,沈如云就看到一位土豆皮肤色,衣着时尚简约的女孩,坐在阿紫原来的位子上。她大概就是林姐说的那个新人陈希了。初来乍到的新鲜人,正埋头在桌上成堆的文件中忙忙碌碌,两只手还不时要腾出来,接各部门送来的文件,接听电话。沈如云走到她身边,笑笑说:"嗨,美女,给范总的文件,交给你吗?""是!"她在繁忙中抬起头,粲然一笑,又匆忙低头做事。这个匆忙而短暂的笑容,却让人感到仿佛有阳光,骤然从她心里照射出来。只是经历过阿紫,这笑容,让沈如云不敢相信一般地有点受宠若惊,也对它的久长性缺乏信心。

"大学毕业,先来实习。她父亲是老总的朋友。"沈如云从公司办公室回来,听到林姐正在向老张发布这道消息,显然是关于新员工陈希的。

"美女,给派个车吧,我得去趟审计局。"一天,沈如云急着出去办事,去跟陈希要车。对这个比阿紫有来头得多的文员小姐,沈如云有点惴惴。"我们的车都出去了。要不,稍等有车,我叫你。"陈希抱歉地摊手耸肩无奈笑说,故作洋派搞笑,安抚失望的沈如云。沈如云只得转身回办公室。五分钟后,如云正在办公室愁眉,桌上的电话响了。"你快到楼下停车场,正好有审计局的人来办事要回去,我叫他顺路载你去。车号是……"如云忙拎了包,喜出望外地直奔电梯而去。

后来,沈如云屡屡发现,陈希总是这样想点子帮助同事。沈如云很庆幸公司办公室里有了这样一个比小崎更好的同事。

有一次,如云有份报表急着让老总签,老总一天都在外开会,如云一筹莫展地去找陈希想办法。陈希抬头瞅着如云,乌黑明净的瞳仁定定地在脸上静默着,两只手没有离开键盘,嗒嗒嗒地打着字,中指上的一枚小钻戒,在键盘上跳动如一颗闪烁的星星。"这样",她的眼眸忽地活泛过来:"拿去,等范总开完第一个会,就给他,让他在去开下一个会的路上,在车里边看,然后联系你们经理。""可是,我怎么拿去,我们现在有车吗?"沈如云为难地问。正在这时,陈希桌上的手机响了一声,她打开手机看了一下短信后,甜蜜一笑,说:"你下去,等在大门口,五分钟后一辆白色威驰就到。"

果然,五分钟后,一辆白色威驰,停在沈如云身边。车窗摇下,探出一张干净的男生的脸,一口白牙在明朗的笑容中闪烁:"你是陈希的同事吧?上来!我要去规划馆,正好路过你们公司。"沈如云上车后给陈希发了条短信:"开白马的,是你的王子?"陈希的短信马上递回来,是一幅大嘴卡通笑脸。

陈希最可爱的时候,是被周小姐叫到办公室。只要陈希一掉转头出来,她就对诚惶诚恐地站在门口等待周小姐"传唤"的人

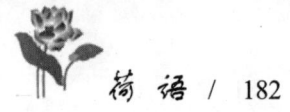

无声地做起鬼脸。门口的人一看到陈希的眉眼风吹梨花一般无声乱颤，都会忍俊不禁，无声地"哄"笑起来，凝固的气氛骤然松动，才又复凝固。

一年后，陈希考公务员走了。

陈希走的时候，沈如云也在总公司决定分公司经理人选时胜出，坐上本市另一个区的分公司经理的位子，薪水跟着翻了两番！

离开总公司的那天，沈如云面上默然做着离职履新的种种琐事，心中却是心潮澎湃：居然能打败两个业务能力稍逊自己却比自己人有背景的对手，这是为什么？难道只是所谓的公平，唯能力上吗？公司用人什么时候变得如此透明公正？

如云清理了一会儿，拿了一些东西到保管室去归还。知情人士林姐眼望着沈如云的身影从门口消失，压低了声音说："小沈的业务虽然强些，但听说如果没有陈希的极力推荐，也上不去！"老张从鼻孔里哼了一声，露出更知情人士的阴阴的笑说："陈希，可是分管经贸的陈副市长的女儿！"林姐和老张的这段对话，虽然是背着沈如云说的，但不久后还是传到沈如云耳朵里。这让沈如云更意外了！因为，她跟陈希，只是友好，并没有太深厚的交情。她跟她之间的贴心，甚至还不如跟小崎。

沈如云的分公司需要招聘一名经理办公室文员。这个文员，差不多要担当秘书的职责，因此，沈如云要亲自面试。

经过几轮淘汰，终于进入最后一轮面试。沈如云端坐于宽大的办公桌后面,见缝插针地看报表,边等办公室小李带进下一个面试者。过了一会儿,沈如云从报表上抬起头,一看,愣住了,站在面前的面试者,竟是阿紫!阿紫也很意外,小圆脸微红了一下,马上绽开甜丽的笑,些微不自然地站着。怎么说也是旧日同事,沈如云从真皮椅上站起来,绕过大办公桌,走到会客的沙发边,请她一起坐下,喝茶。阿紫这才活泛过来,呼扇着那双芭比娃娃般的圆眼睛,阳光下的太阳花那般甜美地笑着说:"沈姐,啊,不,沈经理,好久不见,越来越年轻漂亮啊!""唔,是吗?"沈如云对她笑得和气可亲,仿佛两个旧日的好姐妹一般。

世事难料,今日再次短兵相接,情形却是倒反过来。虽出尽素日心中淤积之气,不过,这么重要的位子,还是说什么也不能给她!沈如云心想。

阿紫要走的时候,双手握住沈如云的手,微垂着眼皮,声气有些哽咽地说:"我很需要这个职位。"沈如云瞅了她一眼,瞥见她低垂的眼里,一片水水的、闪着潮凉的光,心不由软了一下,看阿紫的眼光,暖了一点。

这天晚上,如云回到家已经七点了。一身的冷气进到屋里,就看到用玻璃门隔开的厨房里,戴厚眼镜的老公,穿着自己做饭穿的花围裙,一手拿了汤勺,啜起嘴唇,在试汤的咸淡,一手抓了一把切好的蒜,就要放进去。如云心酸了一下,又暖了一下,快步走向厨房。煤气灶上滚开的鱼汤浓热的香,迎面扑来。如云包也没放下,两手就去环住老公的腰,冰凉的脸颊贴在他宽宽的

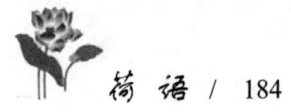

背上，喃喃地说："老公，谢谢！"

"吃饭吧！"如云刚在餐桌边坐下，老公就给她端来一碗热腾腾的鱼汤。"有个叫阿紫的女孩，听说原来是你们总公司的，后来出来了。今天到你分公司去应聘，怎么样？她是我们系主任的亲侄女。"如云很享受地喝着鱼汤，听了老公的话，她的嘴唇僵住了，定在那里。如云心中想，幸好下午虚与委蛇，没有露出一点心中的厌与恨，要不，就害了老公，他正要评副教授呢！

晚上，老公漱洗完，摸黑走进卧室，如云早已窝在被窝里了。这些天，老公准备评职称的材料，天天深夜才上床，今天破例早些，如云有些意外。老公钻进被窝，激情地伸手揽过如云的腰。黑暗中，老公的脸对着如云的脸，喷吐着热气。可是，又忽然默下来，如汽车半坡熄火一般。俄顷，才听见老公说："也不要太为难。只是系主任说，她老家在安徽，家里还有三个超生出来的妹妹和一个刚上幼儿园的弟弟。""让她来做业务。"如云躺在老公温厚的怀里，含糊地沉吟，心里却在想：助理的这个职位，不能给她，但要在系主任亲自对她开口前，快快定人。

第二天一觉醒来，阳光已伏在如云的眼皮上了，如云翻身起来，从手机里调出小崎的号码——这是她昨夜一夜考虑好了的。"小崎，你愿意先来帮我一阵吗，做我的助理？"如云没把握，朴实的小崎能否胜任这个位子；也没把握老总知道了能否同意，但事出紧急，只能先这么办。"愿意，愿意！在家待得都快发霉了。"小崎先还睡意朦胧,应声含糊,一听是让她去上班,即刻清醒过来。

把小崎迎进公司那天,沈如云惊讶地看到,小崎胖了,瘦瘦黄黄的脸像发起来的热腾腾的白面馒头,不禁笑了起来,说:"这都是于越的功劳!"

沈如云想,小崎在这个位子上,时常要与总公司打交道,私下先向周小姐打个招呼,再由周小姐跟老总通融一下比较好。

沈如云去见周小姐的那天,去得早,还没到上班时间,周小姐的办公室还很清净。周小姐坐在待客的沙发边泡茶,她身后的电脑里,邓丽君在低回甜美地唱着:"甜蜜蜜,你笑得甜蜜蜜,好像花儿开在春风里……" 如云一进去,一眼瞥见周小姐的身边坐着陈希。原来她到新单位上班后,又特地抽空回来和大家告别。在市政府外事办做了公务员的陈希,衣着一庄重,人瞬时成熟了许多,只是笑盈盈的眼里,依然是澄澈明净的光。如云惊喜地叫道:"陈希!"急步走过去,坐在她的旁边。周小姐笑吟吟地给如云也斟了一杯茶。周小姐举止优雅,使得人疑惑,那袅袅的茉莉花茶香,不是从茶壶里,而是从她衣袖间缥缈而出。这样端雅的周小姐,那些冷若冰霜尖酸刻薄,要藏在哪里?或者,她的确有很美好的一面,可以在副市长的女儿,市政府外事办公务员陈希的面前,自然流露。如云看着陈希此刻坐在周小姐身边端端正正的样子,忽然想起以前陈希从这里出去时,常悄做鬼脸的情景,一个忍俊不禁的笑靥,跃上脸。

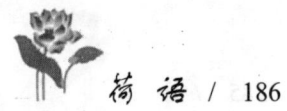

如云向周小姐告辞后，与陈希一道出来。如云拉着陈希细致的手，想起这次竞选分公司经理，陈希暗中给力，一阵感激涌上心头，感谢的话，冲到嘴边，但见陈希眼眸里的光，澄净沉静，就只无言地捏捏她的手指。然后，分别走向各自停在楼下停车场的车。

打从小崎上岗，鉴于她的勤勉和可靠可信，沈如云越来越不想换人了；又鉴于小崎在总公司时几年如一日的任劳任怨，老总破例打了个擦边球，佯装不知道地让她留在沈如云的分公司。于是，资质平平的小崎，打败众多或学历高或相貌美的女孩，坐到分公司这个相当重要的位子上。

沈如云的分公司一周年庆典的时候，老总带了周小姐早早地来了。

那天，周小姐穿了一套淡青色半长袖套裙，淡青的颜色，很衬肤色，脸上浮着柔柔的明净的光。她知性地站在那里，一派玉洁冰清地笑着。太美丽了！这时，留着浓黑胡须穿黑色西服的老总，端了一杯咖啡走来，站在周小姐身边。沈如云一看到他们俩并排站着，脑中迅速回放了一个赵雅芝版的《上海滩》里，冯程程和父亲冯敬尧站在一起的镜头。这时，小崎走来了，一向不苟言笑的老总，突然蝴蝶展翅一般地，舒开鼻翼两侧深厚的法令纹，对小崎露出暖洋洋的笑容，说："张小崎，好久不见。结婚了，漂亮了！"新公司开张，沈如云日日忙得焦头烂额，无暇旁顾，这时才因了老总的话细瞅了小崎一眼，惊讶地发现，小崎原来虚白的两颊浮起粉粉的红晕，平淡的眼睛里，因含了自信的光而有了动人的神采。一份愉快的工作，竟使一个姿容平平的女孩，闪烁出了熠熠的光芒！小崎感激而略微羞涩地笑着，和老总打了招呼，又忙去了。老总转头问沈如云："小崎你满意吧？" 沈如云说："当然了！""是周小姐的力挺，我才装个不知道。"老总说着，笑眯眯地看了周小姐一眼，又出其不意地亮出一颗棋子："于越和小崎，也是周小姐当的介绍人。"沈如云想起小崎婚宴上坐在主桌的周小姐，恍然大悟！老总和周小姐对了一眼，都笑了，两人的眼里，同时释放出默契的光芒，这样默契的光芒，差不多颠覆了沈如云曾经听到过的关于他们两人的传闻。沈如云暗中推测，他们的关系，可能更接近"知己"。

　　这时，小崎又引了客人进来。沈如云的眼睛不由自主地又在小崎的身上扫了一下。她微感惊讶地发现，小崎有些过于丰盈的臀、胸含着一种特别的母性的味道。如云心里咯噔了一下，想，难道小崎要当妈妈了？到那时，我可找谁来替她呢？沈如云忽然意识到了可能要面对的难题。

　　如云参加完在酒店举行的晚宴，送走参加庆典的嘉宾，又折回公司办公室。电梯来了，如云正要走进去，忽然瞥见一个眼熟的身影，那身影忽然叫了声"沈经理"，就闪避一旁，为她让路。原来是阿紫！待如云进了电梯，阿紫才进去，腿脚有点瘸，伤了的样子。如云抬头看了阿紫一眼，阿紫正对她露出谦恭的笑容。

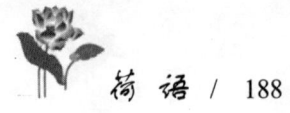

这一眼,让如云很惊心,阿紫那张圆润的鹅蛋脸,怎么拉长了长尖了?阿紫脸上虽笑着,那双洋娃娃般的眼睛里,却藏着疲惫与慌乱的光。"你脚怎么啦?"如云瞥了一眼阿紫手上提着的一盒外卖,心有戚戚地问道。"起泡,破了。"阿紫看了如云一眼,虽然面上笑着,声音里却藏着一丝哽咽。

如云又想起一次在邮局遇到阿紫的情景。那天阿紫在邮局的柜台上填一张汇款单,如云偷偷瞄了一眼汇款地址和汇款数额,那张汇往她老家的汇款单上的金额,让她心酸了许久——数额之大,几乎是她来这里上班所领到的薪水的四分之三。如果她没有其他收入,仅凭工资,那么,她无疑是要节衣缩食到苛待自己的地步。想到这,如云的心头,又爬起一丝苍凉。如云想起前天看过的报表,阿紫做业务才两三个月,业绩却已远远超过一些老业务员,排名第二。看来,这丫头是有些本事的,也肯吃苦。再过一阵,可以考虑给她提业务主任,好歹她是老公系主任的亲侄女。如云想起阿紫老家众多的弟妹,又心软地想。以后小崎若回去生孩子,也可以考虑让她来顶一阵。毕竟,办公室的事,她熟。

回到家,开门进去,满室漆黑。有个更黑的影子,颓然地陷在沙发里,暗影前,有一点红,在脆弱而顽强地明灭着。是老公,不抽烟的老公,抽了烟。窗外深蓝的天空上,只有半轮月亮,如窗上的一片雪花一般,却也足够让走近前去的如云,看到老公低垂的眼皮,以及眼皮下鼓起的眼袋。如云惊讶地想:男人老起来,也这么快吗？忽然想起老公说过这几天要评职称，如云心紧了一下，急问："职称评了吗？""评了。""怎么样？"如云焦急地问。老公颓丧地说："只差一票。"

如云默然坐到老公身边，无力地垂下了头。

月底，阿紫突然来辞职并带来一包喜糖，搁在如云桌上。如云的眼睛在因意外而短暂地睁大之后，缩回原来的尺寸，随后又放出礼节性的喜悦之光。

阿紫的婚宴，如云正好出差在外，吩咐小崎代表。

再见到阿紫是半年后，在一家酒店的门口。那天她带了小崎，约好去宴请一位客户，争取把一大单合同签下来。

阿紫和一个个子和她几乎一般高的男人，分别从一辆红色捷豹的两侧下来。那男人从车里钻出来时，油亮的脑门被酒店照在红色的车上，又折射过来的光，映红一片，淋漓的鲜血一般。如云乍看到他额头上的红光，吓了一跳，然后才认出，这男人，正是自己要宴请的客户！如云忙走上前去，堆下大大的笑脸，与他握手周旋。那男人看到如云，饱满的脸上，从中间往两侧，推开油油亮亮的笑容。这时阿紫绕过来了，似笑非笑地站在一边。男人瞟了一眼阿紫，脸上立马又浮起一层得意的浮光，介绍道："我太太！"阿紫穿一件韩版黑色高腰大衣，大衣领上一圈黑灰的毛，在酒店斜过来的光中，闪着水波一样华贵的光泽。阿紫圆而有着长睫毛的眼睛，不再是原来看沈如云时，眨巴眨巴的样子，它们

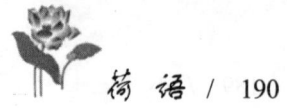

定定地看着沈如云，完全是芭比娃娃的贵夫人版！当然是贵夫人的版本了，抓在身边的男人，是沈如云要大力示好的客户！沈如云满面笑容地和阿紫打招呼，心里想，阿紫这丫头，不简单，难怪工作辞得那么干脆。只是这男人虽有钱，长相却是不争气了点。

小崎生完小孩刚回来上班，她先是不动声色地陪同，等到宴请结束，看着阿紫他们从酒店大堂流光溢彩的光里，走出去，才悄声告诉如云："他是周小姐的前老公。"如云目瞪口呆地站着，小崎又说："阿紫还在周小姐手下干的时候，两人就好上了，只是他和周小姐的离婚判决拖了两三年，导致阿紫和他几度分合。"小崎歇了歇，又说："别看这个男人现在人模狗样。很久以前，有一次，我晚上去加班，听到周小姐的叫声，赶过去，从玻璃窗看到，他反锁着周小姐的办公室，在里面打周小姐，扇她耳光，踢她下身。我急忙去叫保安，才把周小姐救出来！"

那之后，忽地再见到阿紫，是如云跟老公到他们院长家里，参加一个小型圣诞晚会。晚会上，穿梭着几个如云老公大学里的留学生。如云赫然看到阿紫的时候，阿紫端了香槟，和一个黑人小伙子离得很近，两人边喝边说笑着。阿紫罕见地穿了件高领白底粉红丝线绣花旗袍，一条雪白的腿，从旗袍高高的开叉处不时地闪露出来，在灯光下闪烁着白光。骨子里的风情，藏在面上的典雅之中。那小伙子虽长着一张黑面孔，却由一条弹性很好的牛仔裤，前后紧绷出极其性感的男性身材。阿紫偏着头，看着他的眼睛，在说，在笑，耳朵上吊着的两个小扁圆白果，停也停不住地晃荡出两片轻佻的白光。阿紫似乎很快乐，是那种随心所欲到放肆的欢乐。如云凭直觉感到，阿紫这欢乐，有着某些不明就里的内因。

这样又过了半年，老公又要评职称了。如云对深感不安的老公说："我们到你系主任家去一趟吧！我会婉转地把当时对阿紫的安排，跟你们系主任解释一下，去掉他心中的芥蒂。""也好，包个红包还是提点礼物去？"一向在课堂上以思维敏捷口若悬河而受学生欢迎的老公，嗫嚅结巴地低着声气问如云。"我来处理。"如云知道老公一介书生，向来不求人，这次实在是勉为其难，因此故意轻松地说。想到上次评职称老公为自己所累，如云很难过，决定这次大出血，她备了一张卡，和密码一起收在一个信封里。就怕系主任，不给脸。

这天晚饭后，如云便拉了老公出门，估量着系主任看完新闻联播后，到达他家，尽量在人家心闲下来的时候，到达。

如云夫妻两人乘电梯上到老公系主任家，让他们大吃一惊的是，系主任家大门洞开，屋内一片狼藉，门外围着一些人在窃窃私语，门内有男人嘶哑的哭骂声传出来。如云大吃一惊，探头定睛细看，更大地吃了一惊，一摊泥地趴在系主任的腿上大哭的，竟是阿紫的老公，眼泪鼻涕已糊了系主任一膝盖头。谢顶的系主任，坐在灯光下，一脑门的汗水在灯下发着油斑斑的光。从阿紫老公断续破碎的痛哭和咒骂中，沈如云听明白了，是说阿紫转移走他公司的所有资金后,连一起住的房子,也被她悄悄脱手,然后,跟了一个非洲留学生出境了。"那是我的全部身家啊!干你佬!" 阿紫的老公像个女人那般哑着嗓子破口大骂。门口的人听到这,发出一阵嘻笑。笑声提醒了屋里的人,这时,一个衣履不整、头发纷乱的女孩,急赶过来,"砰"地关上门。

如云无端地认为,那非洲留学生,就是她曾在院长家里见到的那位性感的黑帅哥。沈如云的后背刷地冒出了一片冷汗,掌心里的信封,捏出了一片汗迹。要是当时顾忌系主任手中的那一票,让阿紫坐在小崎现在的位子上,今天,坐在这里哭的就是自己了!

(原发表于《新海湾》2011年第10期)

你会回来吗

放学回来,夏小雨一卸下书包,就跑过去唰地拉开厨房的玻璃门。看到女儿粉净的面孔,突然探进厨房的烟火蒸腾中,妈妈郁蕾饱含爱的汁液的声音,马上穿破抽油烟机轰鸣的重围,传过来:"饭快好了,你先出去,啊。"小雨瞟了瞟妈妈脸上繁星一般的汗珠,迟疑了一下,才说:"妈,明天晚上,老师要来家访……""好。"郁蕾漫应着,心思都聚焦在锅里炒着的青菜上。菜差不多了,郁蕾抬头,拿眼睛去寻味精瓶子,才瞥见女儿并没有离开。她垂着目光,肩膀蹭着墙壁,犹犹豫豫地站在一旁。郁蕾忙宽慰道:"明天星期六不用上班,我多买些水果来招待老师。"自从这个学期上了初中,女儿更看重面子了。老师的来访,是涉及女儿面子的大事。

郁蕾想,虽然她五年前离婚,独自抚养女儿,但与父母一家四个人住着一套一百五十平的房子,这套房子在本市一个颇高档的住宅小区内,自己在高校教书,父母退休前是大学教授,老师

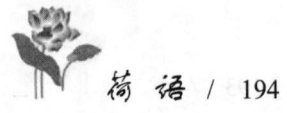

来家访,自己这个家,是不会让女儿丢面子的。

"妈,明天老师来的时候,请爸爸也来……"小雨忽然抬起头,用水光粼粼的眼睛望着郁蕾,低声而坚执地请求。郁蕾的心,像一个结了痂的伤口,突然被剥掉那块鲜血凝成的紫红的痂一般。她忍着疼痛注视着女儿,痛楚而惊讶地发现,女儿的那双眼睛,简直是前夫夏天的翻版!郁蕾一分神,锅里便冒出烧糊的烟味。郁蕾慌忙抄起锅铲,胡乱把菜铲到盘子里。郁蕾不再说话,拿锅铲的手却在发抖,一些炒芥菜的油水,溅到她的无名指上。这根无名指, 五年以前它天天戴着一枚别致的钻石婚戒,现在自己的生活,就跟这根无名指一样,非但失去钻石光芒的映衬,还如现在淋漓着汤汁这般湿嗒嗒地油污着。

"吃饭吧。"郁蕾转开话题,声音里有止不住的沉重,又有尽力的和缓。女儿那水光晶亮的眼睛,实在让人不忍。

五年前的那个夜晚,像今天,也是个周五的晚上,丈夫夏天说他有应酬不回来吃饭,之后手机就一直处于关机状态。这是从来没有过的事。当心急如焚的郁蕾和父亲找到夏天办公室,当他们旋开夏天并没有反锁的办公室的门把,郁蕾和父亲浑身的血液,仿佛在一瞬间被抽光:他们同时看到,夏天和他办公室的女职员芳玉,头凑在一起不知在电脑上看着什么,夏天那只汗毛很重的结实的胳膊,像粗蛇一般,缠绕在芳玉穿着薄透的雪纺连衣裙轻盈柔软的腰上。

无论后来夏天怎样发誓表白，自己和那女孩并没有比郁蔷看到的更多和更深的接触；无论夏天怎样为了小雨，跪在郁蔷面前苦苦哀求，郁蔷都没有改变把夏天逐出家门的决心。郁蔷很快就拟出离婚协议。

　　郁蔷与夏天签字离婚的那天，两人分坐在客厅长茶几两头的单人沙发上，仿佛冻僵一般。郁蔷的父亲萎顿地坐在中间面对茶几的三人长沙发上，机械地给两人各冲了一杯茶，自己无语地喝了一口，许久，才用惋惜到哀痛的眼光，剜了一眼坐在一边脸色煞白的夏天，又用完全褪去慈爱的目光，忧伤地瞅了一眼郁蔷那失去光泽的秋月一般的双眸，沉痛地问："你确定，不再爱他？"郁蔷想到当年作为父亲研究生的夏天，锲而不舍地追求自己的情景；想到再之前夏天接受父亲资助才能顺利读完研究生，才有之后他这个农家子弟顺利就业，平步青云，越发感到无比厌恶。她冷冷地点头。

　　郁蔷以为夏天会马上和那小妖女结婚，郁蔷也以为夏天娶谁跟她再也没有关系，可是，最初的痛和恨之后，忽然听到那小妖女结婚了，新郎竟不是夏天。这使郁蔷对夏天解了许多的恨，再想起夏天来，也不像初时那般痛彻心扉了。

　　小雨默默吃过晚饭，就去郁蔷的房间上网。郁蔷去卧室拿衣服洗澡时，习惯地从女儿的背后，悄悄地瞅了一眼电脑屏幕，郁蔷担心女儿看不健康的网页。郁蔷看到电脑的屏幕上，又是威廉和凯特大婚的视频，郁蔷已注意到女儿看这个视频好几次了。不过,郁蔷并没有开口说什么,女儿大了,敏感而叛逆。郁蔷只是像所有的母亲那样,暗中做起了克格勃,严密注意女儿的举动与行踪,也加强了与班主任的联系,她怕女儿早恋。但是,没有,女儿一如既往地端正好学,所以,过一阵,郁蔷又释然地放松了神经。今晚,看到女儿再次看这个视频,郁蔷不由得在女儿背后悄然多站了一会儿,郁蔷看到女儿从粉红的薄睡衣里,顶出两个圆润秀气的小肩膀,"有女初长成"了,郁蔷望着女儿的肩膀又喜又忧地想。郁蔷的目光爬过女儿的肩膀,落在电视屏幕上,她惊讶地看到,女儿反复地倒回头看凯特的父亲挽着凯特的手交给威廉王子的画面。更让郁蔷惊心的是,她竟然还从电脑屏幕的倒影中,看到女儿对着那童话里才有的最美好最浪漫的画面在流泪。为什么,这是为什么?郁蔷呆呆地望着女儿稚嫩浑圆的双肩,好一会儿,才痛楚地明白,女儿羡慕凯特有父亲!可以幸福而体面地挽着父亲,走进自己婚礼的教堂!

郁蔷忽然又想起来,还在小雨上小学一年级的时候,有一次,父亲在跟小雨讲起基督教婚礼时,父亲说,基督教徒结婚,女儿是挽着父亲的手臂步入结婚教堂的。当时,小雨圆睁着无邪的眼睛,瞟了眼笑站在一边的父亲夏天,故意问了一句:"妈妈结婚的时候,也是挽着你的手的吗?"父亲哈哈哈地笑了起来,刮了下小雨的小鼻头,笑道:"难道我们家小雨,也想出嫁了不成?"站在一旁的郁蔷和母亲还有夏天,都被小雨逗乐了。那时幸福健全的一家人,谁也没有把它当做一回事。

郁蔷一直以为,自己和大学教授退休的父母,给小雨的精心呵护,足以弥补一个不良父亲的缺失,眼看着小雨也一如其他女孩那样花儿一般地活泼成长,一点也没想到,小雨内心深处,对父亲这个角色如此在意。

明天老师来家访,是否让小雨通知夏天到家里来呢?郁蔷不得不抛开自己的感受,从女儿的角度,认真考虑。郁蔷心事重重,又强装平静自然地从衣橱里拿了衣服,去浴室盥洗。

凌晨四点,郁蔷又醒来了,窗外城市灯火阑珊,窗内黑暗的房中她的眼睛晶亮着。郁蔷孤寂泄气地想,更年期终于全面来临了。这一年来,郁蔷甚至听得到自己的身体像一条河流里的水,日夜哗啦啦不住地流泻掉,以致逐渐枯干,才四十出头就没有了生理周期,开始失眠多梦,脸上长大块大块的斑。郁蔷给中医西医都诊过,均不太起作用。郁蔷知道这样早就出现更年期症状,和这些年来,一直一个人生活有关。

郁蔷离婚后的前一两年,已经三十六七岁了,但姿容颇好、气质优雅。她出去兼课的时候,有个叫史海南的男生,恋上了她。那还是个三十岁刚到尚未结婚的小伙子。于郁蔷的个性,她是不会选择一个小男人当丈夫的。

可是,郁蔷走在史海南身边时,心头总会有一些莫名的喜悦。史海南的高大帅气,既让她独自在街上走时慌慌的心安定地回落

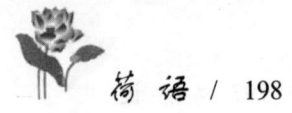

到胸腔里,又使她在夏天的事之后,终于又能够颜面有光地再抬起头来。因此,不知不觉地,郁蕾就接受了史海南。

两人蛮热乎后的一天晚上,史海南开车送郁蕾回家,郁蕾低头解安全带的时候,史海南看到在如水的月光下,外表偏于知性美的郁蕾的身材,本来只是柔软起伏,过渡不太明显的胸和腰身,此时被安全带勒出了凹凸有致充满性感的魅惑。史海南情不自禁了,他俯头追逐郁蕾的双唇时,一边迅疾地伸出火热的手,揽住郁蕾的腰。"啊!"郁蕾尖利地叫起来,她想起夏天缠在芳玉腰间的手,浑身大汗淋漓而下。

后来又上演过几次,都在两人正是情浓时。史海南的热情,终究抵挡不住一次次的兜头冷水,最后只能黯然离去。

史海南之后,郁蕾的身边又短暂地出现过几个年龄相当或不相当的男人,当他们的手触到郁蕾的腰时,她虽然早有心理准备,捂着嘴,不让自己再尖叫出声,却还是止不住地冷汗涔涔。折磨下来,郁蕾只有主动离开。

这使郁蕾更恨夏天,他不但背叛了自己,还把自己的生活弄得一团糟。郁蕾因此发誓不再见夏天,每次夏天来接小雨,她都让他等在楼下,然后由父亲或母亲,带小雨下楼与他交接。

郁蕾从枕边的手机里放出音乐,安抚自己睡不着的烦躁的神经。手机里歌星在唱:"所有受过的伤,所有流过的泪,我的爱,请全部带走……"一切都可以过去,一切都可以带走,可是,女儿呢？女儿怎么办？

"爸。"郁蔷一早起来，出了卧室，就嗅到父亲泡的功夫茶逸出的清香。听到郁蔷的叫声，父亲并不像平时那样慈爱地回应，而是顺着郁蔷的叫声，自语般地说："夏天他到现在，都一直喊我'爸'。"父亲在家里不轻易提起"夏天"，郁蔷一听，就知道坐在客厅看晚报的父亲听到了小雨昨天的请求。郁蔷心头一动，忧伤而委屈地坐到父亲身边，端起父亲冲的茶，看着茶杯口袅袅上升的水汽出了会儿神，才说："爸，让我考虑一下。"

"蔷蔷。"吃过早餐，收拾完桌子，洗净手，郁蔷就听到母亲在她房间里叫自己。"妈，什么事？"郁蔷边走进母亲的房间，边问。"蔷蔷"，母亲坐在一张单人沙发上正翻着新到的《新华文摘》，看到郁蔷进来，母亲摘下老花镜，搁在身边的小圆桌上，说："蔷蔷啊，昨天小雨的要求，我都听见了。我想了一夜，明天老师来家访，就请夏天回来一下吧。"母亲停了停又说："五年，一个男人能坚持五年，而且是夏天这样当着副总有地位有经济基础的男人，五年没有再婚，在当下，怕是少有的吧？"听了母亲的话，郁蔷心头漾起一些暖意，眼光瞟向别处，沉吟了一下，才有些艰涩地说："我让小雨通知他今晚来吧。"

在公司接任老总的人选待定的这段高度敏感时期，夏天特别紧张，何荷也跟着格外着慌。跟女儿小雨说好六点半到，夏天于是跟何荷谎称要见客户，早早出来。何荷则说要去找她的师兄——一个决定老总人选的举足轻重的领导。这位官员对师妹何荷颇有好感，因此，何荷曾经半真半假地对夏天咬着牙娇嗔地下通牒，必要时，要牺牲色相，帮夏天换取官职。这是夏天对何荷又依恋又惧怕的地方，没有人知道，这个边远省份贫穷人家的女儿，在颇为知性的外表下，是那充满诱惑力的娇美玲珑的肉体，娇美玲珑的身体里深藏着的，则随时都可能让人翻船的莫测的心机。

六点就到了岳父家住的小区。五年没见到郁蔷了，夏天忐忑不安地在小区里四处闲逛，借以平抑思绪，最后又在小区的花店里买了一束郁蔷和岳父都钟爱的百合，才向着岳父家赶去。

六点半，夏天准时到了岳父家。

"爸爸。"夏天手捧着百合花，朝前来开门的岳父叫了一声。郁蔷正在浴室洗脸，五年不见，夏天那恭敬中带着歉疚的声音，穿透五年的光阴，熟悉地传过来，几乎要把郁蔷的眼泪诱出来。郁蔷定了定神，从浴室的镜子里，端详了夏天一眼，发现夏天的额头高亮了，法令纹深了，两鬓冒出的白发，平添了沧桑，却又像当年初次来郁家接郁蔷出去那样，手里捧着一束百合花，拘谨而又小心。郁蔷看着那束花，以及夏天捧着花束的样子，十几年前与夏天恋爱的情景，忽地全回到眼前。郁蔷慌慌地摸起镜子前的口红，想在洗过的脸上化个妆，口红点在唇上，又踌躇地抹去，她怕爸妈看出自己的心思。"爸爸，爸爸，爸爸……"小雨一听到夏天的声音，小兔子一般地从卧室里蹿出来，欢天喜地地替外公接过夏天手里的花，然后拖着夏天坐到沙发上，自己则一屁股窝在夏天怀里。郁蔷用眼圈微红的水水的眼睛，望了望镜子里自己寡淡的脸，放下那支玫瑰红的口红，从化妆盒里又另挑出一支油润淡红的，微抖着手，顺着唇线，润开来。郁蔷放下口红，想了想，鬼使神差地，又把挂在浴室墙上的一条穿了一上午的绿色连衣裙，拿下来，换上，一切仿如回到当年。爱恋着郁蔷时的夏天说过，他喜欢看郁蔷穿绿裙子，迎着风，就像一棵活泼招展的柳树。

"妈妈。"小雨看到郁蔷身着绿色连衣裙，缓缓走出来，忽地跳出爸爸的怀抱，奔过来，把捧在怀里的花束，硬塞到郁蔷手里。郁蔷只得接过来，躲过夏天的眼睛，转身进卧室去找花瓶插。

小雨攀着夏天的脖子，咕咕呱呱地说个不停。小雨的欢乐，像一股小春风，荡漾在客厅里每一个人的心中，吹散了每一个人的不自然。"爸爸"，小雨忽又甜美娇俏地跟夏天说："我来弹琴给你听吧？""好啊，好啊！"夏天未及开口，外公先高兴地叫好，"好久没有听小雨弹琴了！"小雨迅速坐到琴凳上，眼望着父亲，弹了起来："红星闪闪，放光彩……"童真的欢悦的琴声，从小雨的手指间，跳荡出来。小雨明净的眼眸、光洁的额头，全像会发光的物体，放着异彩。

这首曲子还是小雨小学一年级时，也就是在夏天和郁蔷离婚之前学的，那时候，夏天每周要带小雨去钢琴老师那里学两次，夏天再忙再累，都没有误过小雨去学琴的时间。夏天回想当年，

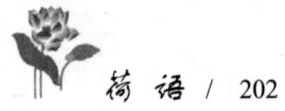

像嚼着一枚青涩的橄榄：如果不是自己太浑，这个客厅里，本该天天洋溢着这样的天伦之乐！

"叮铃，叮铃……"门铃响了，小雨从琴凳上一跃而起，奔过去，拉开门。"老师来了，爸爸！"小雨一看到站在门口的，果真是她班主任，一边忙忙地打开门，一边回头大喊爸爸。夏天和郁蕾双双满面笑容地迎过来。妈妈亲切地拉过老师的手，爸爸恭敬地做着请的手势。

爸爸妈妈把老师迎到沙发上，小雨随外婆去厨房切西瓜。小雨每把外婆切好的西瓜放两块到盘子里，就要往客厅窥探一下。太好了，爸爸妈妈按照自己事先的要求，并肩坐在沙发上，两人脸上都绽放着热情的笑容，笑容使他们的脸，像两个盛开的葵花花盘，齐齐地朝向李老师。李老师坐在爸爸妈妈对面，虽看不到她的脸，却看得到她披在肩上的卷发，一直在快乐地一抖一抖。李老师一定看不出爸爸妈妈之间的问题，班上的同学也就没有人会知道。小雨的心，终于回落到自己的胸腔里。

小雨帮着外婆把西瓜送出来时，她又意外地捕捉到爸爸对老师讲话时，与妈妈对了一眼，那眼神笑微微的，仿佛在向妈妈求证着什么。小雨惊喜之余，又深感遗憾地想，爸爸妈妈为什么就不能天天这样呢？他们之间到底发生过什么了不得的事，就不能彼此谅解吗？

"来，吃西瓜，吃西瓜！"夏天一手做着请老师吃西瓜的手势，有些匆忙，有些激动，另一只手就不知怎的，绕到郁蔷背后，轻轻地拂了一下郁蔷的腰身。郁蔷的腰，触电般地缩了一下，好在没有尖叫，只是背上和手心里微微沁了点汗，郁蔷的心脏怦怦乱跳，庆幸地想，想过之后，居然滋出一丝甜甜的感觉！夏天正为自己因太激动而造次而有些尴尬，见郁蔷的脸微微地红了，又见一旁的小雨，两只酷似自己的大眼睛，忽地放出无比喜悦的光芒，夏天又一激动，就跟老师说："小雨她特别喜欢你教的英语科，我看这孩子有语言天赋，就教了她一个方法，每天晚上入睡前听英语碟片，既学了英语，还可以当催眠曲。本来睡不着，一听，就睡着了。"夏天边侃侃而谈，边想着，我怎么能够不让我唯一的小雨高兴呢？郁蔷看着夏天放到天空的彩色气球，一脸惊讶，再看小雨，她罕见地高兴得两颊绯红，双眸放光，郁蔷觉得自己的眼睛热热地涨起来，忙掩饰地埋了头，她暗忖，即使夏天十恶不赦，她也没有权利戳破小雨的五彩梦想啊！"我爸爸还说，睡着了还可以继续再听一会儿，因为人在睡眠中，潜意识里还在学习哩。要不是爸爸怕我戴着耳机睡觉会损伤耳朵，我都要戴着听一个晚上。"小雨，竟然也会演双簧！"是是是，我们小雨特别听她爸爸的话，因此英语进步得很快。"外公外婆这两个"天才演员"马上笑眯眯地附和道。天啊，这些学习英语的窍门，都是外公教的，每晚也都是外公等到小雨睡着了，才蹑手蹑脚地走进小雨的卧室，小心翼翼地把小雨的耳机摘下来的，怎么变成了这个"名誉"爸爸的功劳了？郁蔷听着听着，都有点儿不知今夕何夕了。

　　客厅里,冰雪消融,春花开放。李老师毫无知觉地边和大家一起在这一个无声的春天里吃西瓜,一边愉快地和小雨的爸爸妈妈外公外婆聊学校、家庭、教育,笑语喧声,心情舒畅。"哎呀,都八点了",李老师突然想起什么,急急地翻看手机,笑着说:"我得走了,下回再来吧。""难得来一次,多坐一会儿!"郁蕾笑容可掬地挽留。"有开车来吗?要不要送你一下?"夏天殷勤关切地问道,一手抓起茶几上的车锁匙,礼貌地跟着老师站起来。

　　"请留步!请留步!"李老师客气地对送到门口,又要往电梯口送的小雨的外公外婆说。"不要客气,我们和小雨既是送你,也正好要到楼下去散散步。"小雨外婆笑吟吟地说。"既然这样,那我们一起走吧。"李老师揽过小雨的小肩膀,说:"小雨,你好幸福,生长在这么和煦的知识家庭!"

　　爸爸妈妈和小雨一出去,客厅里就剩郁蕾和夏天了。郁蕾轻快麻利地收拾着茶几上的瓜果皮、拖地板。夏天坐在沙发上,默然抽烟。他的眼睛盯在电视屏幕上,却又不在看电视,表情凝重,眼神空远木然。他在想,他伤害了这个骨子里仍是仁厚的家庭,他割舍不下他唯一的至爱的小雨,她如此在乎自己这个父亲的角色,他能不争取重新回来吗?可是,何荷能放弃和自己结婚吗?以她的个性,要她放弃和自己结婚,后果会是什么?况且,自从她来这个城市读研究生,三年了,一直跟自己在一起,如今婚房已装修一新了。自己到底是怎样一步步走到今天这样无法抽身、欲罢不能的地步的呢?

郁蔷见夏天默然无语,与刚才的谈笑风生判若两人,有些尴尬地转身到厨房洗杯子。郁蔷想起夏天,过去,他总是在她低头在厨房做事的时候,从后面用双手搂住她的腰,拿下巴往她头发上,亲密地蹭来蹭去。想起这些,郁蔷的身体渐渐膨胀起某种渴望。可是,客厅里除了电视的声音之外,没有丁点夏天走过来的声响。郁蔷怅然若失地往窗外瞅了一眼,不知何时天下起雨来了,丝丝小雨,细密地飘洒下来,在厨房透出去的橘黄的光中,身姿纤细透明,轻柔优美。郁蔷不禁想起十二年前生下小雨后的第三个晚上,还在医院里,外面也扬着像这样的小雨。夏天把郁蔷和正吃奶的婴儿都环在自己怀里,潮潮的眼光,瞄瞄红皱的婴儿,瞅瞅窗外扬落的小雨丝,颤着声说:"就叫小雨吧,夏小雨,多么诗意的名字!"

郁蔷拿着洗好的杯子,回到客厅。夏天从沙发上缓缓站起来,说:"我走了。"夏天口气平静,眼底却闪着两点隐秘忧伤的白光。夏天边说边走到门边,套上自己的鞋子,正要开门出去。郁蔷再也忍不住了,她嘶哑急促地叫道:"夏天!"这是夏天五年来第一次听到郁蔷叫自己,他心头一颤,缓缓回过头来,愣愣地看着郁蔷身上的绿裙子、淡口红以及额上悄悄长出来的两根白发。夏天真想冲过去,把郁蔷紧紧地拥在怀中,可是,想到他刚

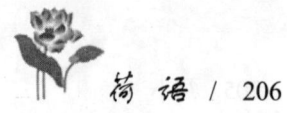

接到的何荷的短信"与师兄相谈甚欢,你的位子有了八分把握",他定了定神,难过地对郁蓄说:"小雨,劳你多费心了。"夏天声音喑哑,他说完,沉重地转身,出去了。在门"嗒"地扣上时,夏天毅然地决定,明天要去把新近买下的三百多万元的店面,付清所余款项,把产权办在小雨的名下。这个店面,何荷并不知道。

(原发表于《北方作家》2012年第4期)

股王的一天

股王舒适地横卧床上。对面墙上造型古雅的挂钟,指针对准的两个数字,组合起来,刚好是八点半。股王的眼睛,在这时,像太阳腾地跃出海面那样,水到渠成地在微微浮肿的眼皮底下,霍地焕出光彩。股王每天早晨醒来,都正好是八点半,前后误差,不会超过5分钟。如果说股王有什么过人之处,这也算是吧。

股王醒来后,先是趿着拖鞋,匆匆折进卫生间,痛痛快快地排掉积在膀胱里大半夜的废弃液体。尔后,又回到床上,舒适地躺着,一边伸手摸起床头柜上的遥控器,"啪"地打开正对着床的电视。就这样,股王启动了自己充满资讯的一天。人却还要在那张豪华宽大的床上,继续懒上一会儿,之后,才起床洗漱沐浴。洗漱沐浴的当儿,股王会一边支着耳朵,有一搭没一搭地听电视机独自在卧室里大着嗓门,播报新闻。逢到对他来说格外重要或特别新鲜的资讯时,他会嘴里插根牙刷,满嘴牙膏泡沫地跑出来,盯着电视看。有时,看得太入神,大朵的牙膏泡沫,云一般地飘

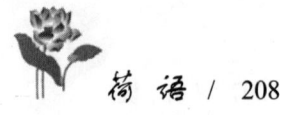

落下来,啪的摔落到地上了,他也毫无知觉。这就是股王之所以成为股王的原因之一。

事实上股王能成为股王,并不只是他运气好,一挥锄,就掘到大瓮的金子。股王靠的是智慧,过人的智慧。而过人的智慧来自努力,特别关注财经信息,就是智慧的来源之一,他努力的一种。股王选股前要做大量的功课,所做的准备比一般人充分多了。他要阅读与上市公司相关的大量资料,细到公司董事长总经理的身体状况、私人品行、个人嗜好。股王的主卧室,包括一个通风透亮的大卧室,配套的卫生间、化妆室、衣帽间,还附带着一个小书房。这个主卧室,差不多相当于一个两房一厅的小公寓。这个主卧室里,由于女主人空缺,因此,其他的空间都显得奢华而空洞,只有这小书房里,堆叠拥挤着一房间的书报资料,这些都是股王选股前已阅读和还来不及阅读的,与一些上市公司相关的资料。

股王盥洗沐浴后,披上日式家居服,踱着闲散的步子,来到客厅。股王这些年来越发丰壮了,穿上日式家居服,从背后看过去,有些像体型壮大的日本武士。股王走到通往大阳台的大玻璃门前,唰地拉开玻璃门前的窗帘,大幅的海景,便呼啸而来。股王紧接着又一把把玻璃门推开,饱满明媚的阳光,立即奔涌进来。在厦门这个城市,要像这样在一个现代化的美丽方便的生活小区,坐拥无敌海景和亮丽阳光,是要有强大的物质力量来做支撑的。当然，凭股王的实力，那是件很小的事情。股王望着辽阔苍茫的大海，看海面上无数争相闪耀的碎金子碎银子般明丽的阳光，想，孤身一人，置身这样一座豪宅，虽然舒适自在，可是缺少人气，在某些寂静时刻，寂寞袭来，心中难免凄惶。股王不由得又想起小陶，小陶当时研究英美文学，可到底是女人，加之年轻，生性活泼，回得家来，咭咭呱呱。股王有时嫌她聒噪，可遇上她偶然外出几天，便又会格外想念她。股王打开窗户，微风徐来，家里便会飞扬起小陶青春的淡淡气息；打开衣帽间，那里收藏着的，是小陶缤纷的倩影；夜晚独自躺在被窝，包裹着自己的，是小陶身上暖暖的余香。这些，总会让股王内心逐渐安宁，心境愉悦起来。有小陶的家，连空气都暗香浮动，热闹喜人。这才是一个正常男人的家居生活啊！小陶那些钱，没错，花的都是自己的钱，可是，高兴了小陶，不也愉悦了自己，快乐了自己？人活着，不快乐，钱又有什么用？股王这么想着，眼光仿佛又触碰到小陶临走时，眼里脸上那幽怨冰凉的决绝。股王的心头，涌起一阵深深的怀念和难过。

　　股王向来低调，就是在几个股票疯长的年份，资金几倍几倍地翻，都是极端平静地隐居在他的豪宅里。除了遇上痛风实在是痛极了，才会跟朋友来个黑色玩笑，说，腿被钱压坏了。之外，从不夸耀自己炒股赚钱。除了圈中的人，外人及媒体，并不知晓股王的财富状况。股王资助的孩子，有几十个，都是私下里资助的；一次一次捐出去的钱，也都是匿名捐赠的。股王唯一一次见报，是被广东的媒体从股票交易的内部记录中查到后，以"牛散"（意思是最牛的散户）为题，发的一则报道。这是股王和朋友们喝酒时，偶然讲出来的，要不看不到广东报纸的厦门人并不知道。

股王在窗前观赏了一阵海景阳光后，挪转身躯，移步过来，将身体舒泰地仰靠在沙发上，尔后，才俯下身来，提过水壶，在一旁的饮水机上，续水，烧水。股王趁烧水的空当，打开大门，从大门边墙上的书报箱里拿出日报。这份报纸是每天一早，由这个高级"公寓楼"的"管家"送上来的。水开后，股王给自己冲了一杯咖啡，顿时，咖啡的浓香冲破报纸新鲜的墨香，悠悠腾腾地直冲股王的鼻孔。股王浸润在这样的芬芳中，阅读报纸上的新闻。股王的眼睛在报纸上漂移时，一手抓过电烤箱里刚烤出来的焦香的面包，饱满地塞进嘴里。

别看股王的早上，从晨起沐浴更衣到咖啡面包，都相当的西化，股王其实是地地道道的农村娃子出身。在股王还是个叫着与唐朝大诗人陆游同名的放牛娃的时候（股王小时候爱梦游，他爸又姓陆），他和姐姐眼睁睁地看着得肝癌的父亲，由于没钱交住院费，从医院抬回来不久后，趴在床沿，大口大口地呕血，直到浑身沾满鲜血，瞪着牛一般的大眼，背过气去。叫陆游的股王和姐姐瑟缩在墙角，看瘦小的母亲哀恸麻木地伺候父亲，泪水被这恐怖的一幕，极度惊吓，冻在眼窝，结成冰棱。父亲死后，姐姐辍学，股王便使出一股牛劲念书，把自己和姐姐的那份，一起念上。在学校，陆游每次听到同学在吵吵闹闹中，满不在乎地把"吐血"这词，抛来掷去彼此对骂，便全身战栗。他觉得再没有比"吐血"更恶毒的咒骂人的话了。陆游每次听到这话，便转身跑开，埋头疯狂读书。这是他当时唯一能做的事。这些，使陆游从那年起，学习成绩一下蹿到班级的前头，高中毕业后，成为那个时代村里唯一考上大学的人。那个年代，读书，是走出山乡，出去赚钱的唯一路子。父亲之所以会死得那么惨，不就是没钱医治吗？所以，陆游下决心读书要读得最好，挣钱要挣得最多！

股王就这样消闲而忙碌地度过早晨的这一个小时。忙完这些，差不多就到早晨的九点半了。九点半，股王准时打开电脑。每天的上午九点半到下午三点，股王处于精力充沛状态。他的午休时间，跟着股市延后到下午三点以后，周末和节假日一律休息，一切作息，以股市为准绳。

股王一打开电脑，丫头便不知从哪里，闪电般地蹿出来，那滑顺柔美的身段，居然像一枚出镗的子弹一般，"嗖"地飞起，几乎无声地，稳稳当当地落坐在股王宽大豪华的电脑桌上。这是丫头几年来与股王配合默契的习惯动作。丫头两条前腿撑起身子，眼睛专注地注视着股王一会儿，才抬起右前爪子，偏了头，伸出一截嫩红的小舌头，舔舔它，然后娇柔地"喵"一声。这一声"喵"，把股王的眼睛，引离了电脑里的K线图。股王看到深棕

色的大班桌上,一丝丫头身上掉下来的白毛,格外醒目。股王无奈地笑笑摇摇头,从纸盒里抽取一张白纸,小心地隔纸掐起丫头的那丝白毛,然后才瞥了丫头一眼。触到丫头那专注地瞅着他的,纯净到没有任何杂质的神情,股王猛然又深感遗憾地想,自己的多任女友里,为什么就找不到丫头那样纯净的眼睛?唯一的这样的眼睛,那是翠芬的,她在上个世纪八十年代,就成为他人之妻了。所以,虽然股王有过几任女友,其中两位还同居过一年以上,但他没有带他的任何一任女友,来过他的这个家。

　　股王的另一处房子,在一个带泳池和网球场的住宅小区里。那套房子四室二厅,每间房都是一堂的红木家具,那无疑是个相当华丽的家了。不过,还远没有现在这套住房的阔大和豪奢。这套房子,几乎是股王的世外桃源。和小陶你情我愿地同居了一年后,两人已经进入谈婚论嫁的实质阶段,股王差不多要带小陶到自己这个隐匿着的家前的某一天,股王买了一个几万块的LV包送给小陶。当小陶从包装袋子里抽出包,当她看到LV的金属标志时,两眼骤然放大,迸射出灼人的光。小陶只呆住半分钟,就清醒过来,激动地扑向股王,把自己花瓣一般的双唇,紧紧吸附在股王肥厚的双唇上;把自己凹凸有致的柔软的身体,面一般筋道地揉进股王的怀里,渴望合二为一。比起小陶娇小的身子,股王的身体虽有些庞大,却被小陶猛地撞得脚下一个趔趄。股王的心,也被这一撞,撞起一股莫名的恐慌。股王大睁着双眼,看双唇上长了吸盘一般的小陶，以及怀里通红的木炭一般的小陶。被灼疼的股王，忽然惊觉，这不是小陶，或者说这才是小陶，本来面目的小陶！如果小陶看到自己的那个还未对她公开的家，如果小陶看到自己户头上的"天文数字"，她会不会立即疯狂；会不会在自己痛风发作，无法动弹时，穷凶极恶？

股王蓦地想起老乡陆大尉。10年前，陆大尉把母亲搬到妹妹家，瞒着母亲，变卖祖传的房舍，然后挟着一袋由祖宗的血和汗凝固成的金子，孤注一掷来到厦门，雄心勃勃地和朋友合开一家文具店。在文具店刚刚开始赚钱时，做文具店财务的同居女友和文具店的合伙人，在他回老家探望老母的一周里，变卖家当，刮走所有钱财，只把所欠的水电房租等一裤子屎尿，朝他兜头淋浇下去。股王和另外两个老乡赶去看陆大尉的时候，已是他割腕自杀，被房东发现，送到医院的第二天了。那时，大尉虽已醒转来，却是连眼皮也不肯张开来看一眼自己从小厮混到大的同学。所以，股王看到的只是大尉那两道浓黑得吓人的眉毛和比医院纯白床单更惨白的脸。

股王又忽地想起中学时看过的由阿·克里斯蒂的侦探小说改编的电影《尼罗河上的惨案》，想起电影里的恐怖情节。股王的脊梁骨，唰唰唰地冒出一片冷汗。股王暗自迅速地做出一个断然的决定，用钱，了决小陶！股王从此，日渐冷淡小陶，对小陶的物质要求格外当心，以至，小陶最后选择由股王资助去美国读书。

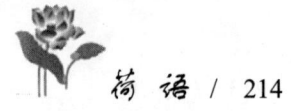

股王只看了一个多小时的K线图，就关闭电脑。2011年以来，股市不断遭遇"滑铁卢"。股王的心情一天比一天沉重，准确地说，是内疚。在股市下滑的初期，股王就敏锐地预感到了，减持了股份。自己的资金虽也缩水了五分之一，但十几年来炒股增值的钱，仍然是个外人无法想象的天文数字，况且，股王炒股十几年来，经历过多次大起大落，早已洞若观火，稳如泰山。所以，股王对自己目前的损失并不太在乎。股王内疚的是，众亲朋好友寄在这里，让自己代为操作的二十几个户头，无一不遭受重大亏损。并且，多年来自己看准的股，只要不脱手，放着，即使跌到底，有一天还是会再涨到高峰。但是，今年有些反常，不知股市跌到何处是个尽头。众亲朋自然都是强捂着胸口的痛，做出一副不在乎的爽快劲，宽慰他：大势所趋，怪不得他。可是，股王还是心中不是滋味。出身贫寒的股王，知道众亲朋攒下那点钱的不易。更加难办的是，大家都坚决不让他来补上亏空，大家都是事先说好，赚了感谢股王，亏了决不能怪罪股王。

其他亲朋的股，股王基本都陆续帮他们做了较为稳妥的处理。最让股王难办的是，表弟的钱在2008年由自己代为操作翻了两番，表弟因此信心大振，2009年底卖了旧房子追加资金，没想到，2011年4月起，就一直走下坡路，表弟又死活不肯割肉，打电话来的时候，总是一副壮士凛然的口气，很冲地说："别卖，把牢底坐穿！"结果，目前惨不忍睹，资金缩水了一半。往下走，

还不知怎样。血本无归,葬身股海也是可能的!

股王看着表弟所持的几只股,不断跳水,愁雾不断从他丰腴润泽的脸上冒出来,笼罩住他的整个脸庞。丫头目不转睛地凝视着股王的脸色,终于,丫头先撑不住了,她哀切地"喵"叫了一声。股王闻声,抬头看丫头似是懵懂无知,又似乎参透股王心中的忧伤,感到自己在这个世界上,并不太孤单——至少还有丫头,与自己那么贴心贴肺,脸上的愁雾遂散开了一些。股王忽然有了主意,他啪地关掉股票窗口,在心中迅速合计了一下,然后断然给每个寄他操作的户头,按他们亏损的金额一一划钱过去。最后,又往翠芬的户头上打了一大笔钱,才关上电脑。股王如释重负抓起桌上的一杯茶,咕嘟咕嘟地狂灌下去,想,钱,有时候,确是个好东西啊!没有什么比它更能快刀斩乱麻地解决许多棘手的难题;更能干脆利落地卸掉心头上的良心债;更能延长翠芬的生命,说不定,还能使翠芬起死回生。想到翠芬,股王格外难过,又格外心安,毕竟,他还能用钱,在她最需要的时候,帮助她。

股王做完这一切,舒了一口气,抬起坐麻木了的屁股。丫头跟着抬起那双圆溜溜的纯净的眼睛,瞄了一眼股王的脸色,"喵"地欢叫一声,跳下老板桌。股王打算不再看股票了,他要去赟笃湖钓鱼。自从自己和亲友们的股票逐步处理了之后,股王已基本不再早九晚三地钉在电脑前了,他已经有几个月一天在电脑前不超过两个小时了。

股王把钓鱼竿存到车后箱,啪地关上后箱,正打算从车库里

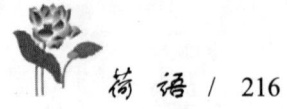

驶出他的"路虎",忽然从后视镜里看到丫头。丫头不知什么时候跟下来了,一脸巴望的神色,在后视镜里张着嘴,焦急地叫着。股王只得从车上翻身下来,从车后箱里抽出一块干燥柔软的厚垫子,平展在车里的地上,然后弯着一只胳膊,宠爱地从丫头柔软的腰间,一把揽起它,放到车里的垫子上。股王每次带丫头出门,都必须携上软垫,让丫头歇在上面。就像带婴儿出门的妈妈,要带上一堆尿片一般。股王每次从汽车后箱扯出那块软垫,心中也会漫起一片家常的温情。丫头一从股王手上落下,便跳上车,蹲坐在软垫上,圆溜溜的眼睛,瞅着股王,爱娇地又"喵"了一声。股王每次看英语版《乱世佳人》,听到邦妮朝着白瑞德叫"爹地"时,耳朵里重叠着响起的是丫头那爱娇的"喵"声,脑海里便浮现这般神情。在某些更深人静,股王愈发清醒的时刻,股王会想,丫头与自己,是不是有血脉相通的关系?

如果小陶没有走,这样爱娇地叫着的,就是小陶与自己的孩子了!股王黯然地想。股王泊好车,手执钓竿,怀携丫头,披一身秋天上午浓艳却不灼人的好阳光,顺着筼筜湖边的石头小径,迤逦而来。他走到拐弯又往湖面突出处,停下来,手一松,丫头柔软的身子,一挺,蹿出去,跃上树下的石凳,袅娜地蹲立在石凳上。股王撒出线,摆弄好钓鱼竿,回头瞥了丫头一眼,丫头那不谙世事的纯净神态,竟活像某些时候的小陶!五六年前,小陶在厦大读研究生的时候,周末时常陪自己来这里钓鱼。小陶总是只看不钓，她怕晒黑。她就那么坐在树下的这张石凳上，睁着一双世故而又天真的眼睛，甜蜜地噙住钓鱼的股王。倦了，累了，就或从包里寻出一粒梅子，含一颗在嘴里，或卡巴卡巴清脆地嗑一把瓜子。那时的小陶，正是这样一副神情！

不知小陶现在怎么样？在小陶不再回复自己的任何信息之后，股王更加想念她了。秋日的筼筜湖面，在秋阳下，被微风匀出无数的细致纹理，看上去，含蓄而温柔。湖岸边上，三角梅开得无比鲜艳灿烂。亲水边沿，零星散落着上了年纪的钓鱼的闲人。股王走过一个蹲在地上的老头背后，那干瘦的老头，正用一双骨节粗大的手，在鼓捣拨弄着，试图从鱼钩上顺利地取下一条小鱼。他听到渐趋渐近的脚步声，吊起一双三角鼠眼，向股王横去一瞥，射去狐疑，猥琐的脸上，浮起不甚友善的神色，这让作为超级富豪的股王忽地浑身不自在起来，心虚起来。是啊，在工作日的上午，一个体魄强健、面色红润、印堂在阳光下闪亮发光的壮年男人，带着一只猫，无所事事地混迹于年老体衰的闲散人中，怎不让人觉得怪异和形迹可疑呢？是没钱，迫使自己带着初恋的挫伤离开翠芬，来到厦门；是有钱，使小陶欣然地走向自己，又黯然离开自己；是太有钱，使自己早早地进入退休状态，孤独地带着猫，混迹于一帮闲杂无聊的老头中。钱，它到底是个什么东西？

股王一直垂钓到中午，却只钓到几尾小鱼。他把小鱼装在塑料袋里，扎紧，打算带回去，让丫头晚上美美地吃一餐。股王收了鱼竿,带了丫头,走向汽车。股王今天想换换口味,吃大排档里的家常菜。如家海鲜大排档,是股王想换口味时几乎不二的选择。其实,一开始,是小陶喜欢那里,她说,那里的海鲜,鲜活、地道,不像大酒店,只会摆花花架子。小陶总是边说,边忽闪着那又圆溜又活泛的眼睛。单是那眼睛的神采,就足以让人神往如家的海鲜。

股王的路虎一在院子小露半个脸庞,如家的女经理,便立马迎出来,同时堆下一脸讨好却也不让人讨厌的笑容,跟着速度慢下来的车小跑,准备着带股王的猫。股王喜欢到这里来吃饭的另一个原因,是女经理懂得和他的猫亲。她在他吃饭的时候,会带丫头去后面的院子里,吃可口的海鲜饭。果然,股王的车门一开,她一拍巴掌招呼,丫头就立马奔过去,乖巧地贴在她脚边,迈着快速的小碎步,到后院去。

股王望着丫头贴着女经理裙边走去的玲珑可人的模样,又想起娇俏可人的小陶。也许小陶,她只是个像所有年轻漂亮的女孩那样,有些虚荣,崇尚物质享受的年轻女孩,并不是本质问题,更没有恶念。只是自己太多疑,太冷酷。

此时已过了午餐正点,大厅内就餐的人已稀淡下来。店里的小妹,把股王引到一个临窗的三人座小桌。股王坐下,点了白米饭、海鲜汤、青菜和酱油水杂鱼后,忽然瞥见身上粘着一根丫头的白毛,忙摘下来,拈住,拿到卫生间,用水冲掉,又仔仔细细地洗了两遍手。才走回来，就瞟见他点的菜上来了，他旁边的空桌，绕着一家三口。股王在自己的桌边坐下，闻着一股脑儿飘浮上来的饭菜香，股王忽地感觉饿了，他用一只宽厚的手掌，端起一小碗白米饭，另一只厚实的手，捏着两支细长的筷子。比起他的丰壮，手中的碗筷，都像是过家家的小玩具。股王伸手正欲撮起一片鱼肉，忽然瞥见旁边的一个小桌，团着一家三口，他们正围着一海碗海鲜汤，热火朝天地吃饭。股王望望自己身边，两张空荡荡的椅子，像两只大张着的空洞的眼睛，漠然地望着自己。股王心中突地冒起一股寒气，食欲全无。股王忍不住又瞅了瞅那个三口之家。那个家，像进城的农人，不过，女人虽一身带些土气的衬衫八分裤，在这个日渐萧索的秋天里，却有一股开春大地上油菜花的新鲜气息。这亮闪闪的鲜润的气息，让股王猛然又想起翠芬！股王径自呆想过去，忽被一声呵斥惊醒："用筷子！"原来是那小女孩撇下筷子，探着两个小指头儿，要去掐鱼肉吃。她的爸爸，骤然虎起一张宽大的脸膛，教训她。粗大的巴掌，高高举起，却虚划了一下，轻飘地落在那只稚嫩的手上。她的母亲，忍不住要漾开笑脸，又忙煞住，佯装生气地放下饭碗，一把撩开女孩的小手，夹起大大一块鱼肉，又精细地摘去一根细刺，才搁到她的碗里。股王的眼光扫过那女人斜侧的身体，扫过女人那在衬衫下蓬勃鼓出的乳房，股王突起一阵冲动，捺住之后，又无限神往地想，那必定是一对生下孩子来，便会汩汩地泌出丰盈乳汁的乳房。如果不是当时家里太穷,翠芬的母亲执意不肯,大学毕业分配在家乡农技站的股王,娶了中师毕业后在乡下小学当老师的翠芬,自己可能会安心于小县城安稳的日子,不会到厦门来闯天下。那么,像那样一家三口绕桌吃饭的天伦之乐,也会是家里司空见惯的事。自己可能不是传奇的股王,但也不会是一个只能带着一只猫同来吃饭的股王。而如果顺着那样一条路过下来,翠芬是不是就不会得乳腺癌,是不是?股王想到这里,又想起翠芬的丈夫——翠芬当年所在学区校长的儿子,在电话里,对每月汇去一大笔钱让翠芬治病的自己说话,沙哑中带着涕零卑下的声气,就替翠芬感到难过。

股王吃完饭,带着饱食了的丫头,驱车去康乐水世界。股王早就是康乐水世界的VIP会员了,但他过去的兴趣点在股海,只有整天泡在股海里,身心才能畅快,因此甚少有兴致过来。这大半年股票处于熊市,股王渐渐减持收手,因此来的时候多了,近三个月几乎每天下午都过来畅游一通,还聘请了私人教练,现在已能游得有模有样了。

股王一到,便有迎宾小姐接出来,带走丫头。股王聘请的私人教练也来了。教练小林已穿好泳裤,坐在一边的沙滩椅上,一条匀称优美的长腿,搁在另一条同样优美的腿上,手里拿着个矿泉水瓶子,不时地喝上一口,等股王。一瞥见股王进来,小林忙放下矿泉水瓶子,用两条优美的腿,一路小跑过来,肌肉发达的胸脯，一路闪耀着健康的光泽。股王看着小林浑身洋溢着男子汉美感的身材，想起那句俗话"钱能买到医疗，不能买到健康"。心想，这话说得，真让有钱人绝望！

股王接着在教练的陪伴和指点下，姿势接近规范地悠游了一个多小时。股王乌黑的后脑勺刚浮出水面，纷披着一身水柱淋漓地爬上岸，就听到一粗嗓子吆喝："哎呀，股王，是你，身材啥时练得这么好？"原来是已经在戴尔上班好些年，并已做到部门经理的老乡陆大尉。"大尉，你也来，这么巧！"股王眼露喜光，前后左右瞅着自己只着一条泳裤的裸体，不敢相信地一个劲地问："是吗？真的吗？""怎么没有，大肚腩都消下去一大层啦！""走，跟我去称称看。"股王说着，抬腿慢跑进小医疗室，那里有一个体重计。

大尉自杀未遂后的开头几年，每次见到大尉，股王的眼前都会忽隆冒出大尉那时在医院里两道浓黑得吓人的眉毛，冒出比医院纯白床单更惨白的脸的大大的特写。凄惨的一幕，挥之不去。股王每次都会因此全身微微发抖，手脚变得冰凉，甚至都有些害怕见大尉了。而今，一切从头开始的大尉，虽然不再谈感情，但找到了不错的工作，又生龙活虎起来——起码面上看过去是这样。这令股王感到莫大欣慰。股王高兴地奔跑着，边跑边想着晚上要解禁，要跟大尉来个一醉方休。人生苦短啊！

股王在厚实绵软的脚垫上，踩了踩，才小心地踏上去。只剩

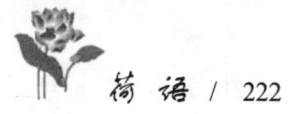

165！只剩165！甩掉了15斤！股王简直不敢相信这个困扰了自己多年，并已带来多种并发症的肥胖，就这么减下来了！练习游泳的这段日子以来，股王也觉得裤头松了，但没想到竟然能瘦下15斤！多年的肥胖烦恼，居然这么轻易地就减下来了。股王忽然又想起来，痛风也半年没有发作了。如果这是以股票下跌为代价，那也值啊！股王最怕痛风发作，大发作时，连轻碰一下，都会有"不如死了好"的感觉。股王没有买别墅，而买了现在这一套隐匿在高档小区豪华公寓楼里的奢华的豪宅，原因固然是不想招摇，还有很重要的原因是，痛风一发作，根本无法在别墅里爬上爬下。

股王从体重计上移下依然沉重的身躯，看到教练小林站在老乡身旁，很有成就感地笑着，眼睛眯成一条带鱼尾巴的线，一口白牙，颗颗放着光芒。股王一高兴，啪地拍在他肩上，说："晚上我请你，六点，环岛路佳丽。你们都来。"股王后一句话，是眼望着老乡陆大尉说的，似乎顺口一句，却是真心邀约。

陆大尉笑着点头。"好啊，陆总，那谢谢你了。"小林高兴地说。"把宿舍的同学一起叫上！"股王今天格外高兴，简直太高兴了，比股票大涨还高兴。"好嘞！"小林教练还是学生，体育学院的学生，做私人教练是赚点生活费。

股王带着丫头，驾上路虎回家，已是下午三点半。每天的下午三点之后，股市停止交易，股王的精神也跟着股市萎靡下来，这正好歇下来喝下午茶,午休。所以,股王这一回去,要一直睡到晚饭的时候。

六点,股王载着陆大尉,小林带着同学,准时到佳丽股王预定的包间汇合。股王热情地请同学们点菜,他今晚打算破戒,好好吃顿海鲜,痛喝几瓶啤酒。受肥胖和痛风困扰,久没放松自己了。纵然有钱,日子过得毫无幸福可言。

每天晚上十一点,股王必定上床。今晚,股王从按摩浴缸里爬起来,揩掉身上的水珠,披上日式睡衣踢踏着走出来的时候,恰好是十一点。股王坐在柔软富丽的床边,丫头已早早上了他的床,舒适地在他厚实绵软的枕头边,甜暖地睡着了。它罩在台灯暖洋洋的光晕下,状如一团痂痂斑驳的毛围脖。股王看着丫头的睡相,嘴边浮起一抹慈父般的暖暖的笑容。股王听着丫头那均匀香甜的呼吸声,忽然又想起小陶。小陶和自己在一起时,不就是这样的睡相,这样的呼吸声?也许正是这类似小陶的睡相和呼吸,使得有洁癖的股王,放任丫头睡在自己的枕头边。当然,丫头每天上他的床睡觉前,都由保姆洗得干干净净的,用电吹风吹干毛发。股王在夜晚忽然醒来的某些神志恍惚的时刻,甚至会怀疑,小陶并没有远去美国,或者说,远去美国的,只是小陶蜕去的躯壳,她的魂魄,就像《聊斋》里演的那样,变成了丫头,日夜和自己厮守在一起。

股王怕吵醒丫头,轻手轻脚地斜依在床上,悄悄揭过毯子,伏在自己身上。然后边听电视播报财经新闻,边翻着床头的报刊。

股王11点半躺下，躺着躺着，一股疼痛的风暴，像台风一般快速地袭来。痛风，痛风，快有半年没有光顾的痛风，又来了！由于久无痛风，他早已让保姆晚间回去——他不想让一个不相干的人，在他熟睡过去的时候，留在家里，虽然他总是牢牢地反锁着卧室的门。股王感到前所未有的恐慌，他用惊恐的眼光扫了丫头一眼，丫头睡得正酣，白绒绒的肚皮，随着一呼一吸，一鼓一鼓的。要是自己不在了，丫头可能成为一只流浪在街头的猫，也许，也许还可能被抓去烹煮，被吃肉喝汤。股王仿佛又看到小时候在山乡里，被吊起来的野猫，被人把绳子套在脖子上，一把勒死，眼睛仿佛要掉出来一般，可怖地凸出；股王仿佛看到一桌子的人，围着火锅，面红耳赤地猜拳喝酒，吃丫头的肉；股王仿佛都能闻到从人们嘴里喷出来的酒臭，裹挟着丫头的肉腥味。股王吓得冷汗淋漓，突然大叫一声，一跃而起，迅速拉开抽屉，一把抓出抽屉里的纸和笔，哆嗦的手，唰唰唰地写下遗嘱。又一把拉开抽屉，拿出印章，啪啪粘了印泥，重重地戳在自己的名字上面。股王把自己遗产的一半，留给丫头；另一半，成立乳腺癌防治基金会，帮助像翠芬这样患乳腺癌的妇女。留给丫头的钱，由乳腺癌防治基金会管理，负责雇人照顾丫头。母亲和姐姐，早已过上富足的生活，过多的钱，对她们，未必是好事。所以，股王没有安排她们再继承。

　　股王做完这些，后背已然潮湿一片。以前看报纸杂志，看到百万富翁、千万富翁把遗产留给自己的宠物,那时以为那些人发了疯。股王望着丫头那浑然不知的憨甜睡相,趴在床头,大口喘着气,想,那些富翁的心头之痛,外人怎么能够知道?股王想着,两颗豆大的热泪,骨碌滚落到肥厚的腮帮。

又一阵剧痛袭来,股王觉得仿佛海水淹上脖子那般的绝望。股王大汗淋漓,心突突跳着拉开抽屉,取出药片,就着床头的一杯开水,一仰脖,咕嘟吞下,然后整个人直挺挺地躺下,一动也不敢动。股王终于慢慢平静下来。平静一些的股王,眼睛瞅出窗外,一轮华美水亮得有些诡异的圆月,高挑在深邃的夜空。他望着那明月,视死如归地想,如果这些药失效,今晚痛死,明天律师小藤就会赶来,就会根据自己的遗嘱,办好所有的事。这就好!

股王终于真正尝到作为一个有钱人的好处!

股王这么想着,呼噜声渐起,安然睡去。

(原发表于《厦门文学》2012年第7期)

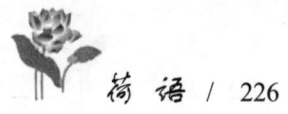

阳 台

除了其他应酬和外出——不过像江芊这样既没一官半职,又供职于一个僵老的清水衙门,应酬和出差,都成了美事。而大凡美好的事,就是稀罕的事了。因此,江芊每天下午下班,都几乎铁定地循着这样的路线:出单位,往母亲那里吃晚饭,回自己家。江芊的单位,开车到母亲那里,是二十分钟的车程。从母亲家再回自己家,又是二十分钟车程。这条线,如果再接上第二天早上,从自己家径直去上班,画出来,是个非常规整的等腰三角形。

这个等腰三角形,多年来,稳定牢固,坚不可摧地把自己的人生定格下来。

阳台的事,是不是也如这个等腰三角形那样,牢固地扎在母亲的头脑中?如果是那样,那么,母亲的有生之年,恐怕要成为自己沉重的枷锁了。

离下班还有10分钟,江芊和大家一样,啪地关闭电脑,拾掇桌面,提起包,赶往车库,倒出车来,开上车流正在迅速膨胀稠密的大街。江芊开着那辆灰色花冠,一口气开过大街,在十字路口压上白线之前的半秒,红灯骤亮。江芊只得刹车,等。这个急刹车,使江芊的身体在车内不由自主地顿了一下。这个刹车,真像一个顿号啊,是潜意识里,对到母亲那里去的一个畏缩的停顿吗?而母亲,是不是自己人生里已亮起的一盏红灯?母亲的这条路,还得再走多久?江芊这样想呆过去时,红灯忽地转绿,江芊忽然醒来,忽然醒悟,她被自己最后的这个念头,吓了一跳!

车内音响里,陈红正在甜美深情地唱着:"妈妈准备了一些唠叨,爸爸张罗了一桌好饭,生活的烦恼跟妈妈说说,工作的事情,向爸爸谈谈……"父亲未病之前,江芊不但喜欢和父亲"谈谈工作",生活、感情、世界,都是和父亲没完没了欢谈的话题。父亲的感觉总是准确而敏锐。当医生的父亲,不但学识渊博,还有极好的文学修养,三个女儿的名字,一个赛一个地,取得别致而诗意。只可惜,退休的第二年,就开始脑萎缩,现在早已连三个亲生女儿也不认得了。母亲,当年那个明媚的、轻俏的母亲,自从父亲生病后,几乎足不出户,很快就被岁月和父亲的疾病夹榨干枯,只积淀下煤床一般深厚的唠叨,埋藏在身体内部,每天掘取出来,熊熊燃烧且有取之不竭之势。这些年来,江芊则沦落为那只专门用来装煤渣的垃圾桶。

作为当红歌星的陈红,她一定没有时间尝尝听母亲永无止境的唠叨的滋味,一定不清楚没有尽头地当一只废话的垃圾桶,有

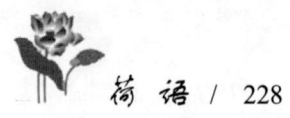

多么可怕!

母亲的家到了。母亲住的房子,在老城区。那条小巷子从这个城市最著名最繁华的步行街的右侧,弯弯绕绕地爬行出去。如果把这座城市比作一片绿叶,那么,这条大街,就是绿叶中间的主脉络。那条小巷,则是主脉络的一条分支。每天慕名走过那条大街的如织的外来游人,没有人想得到,与大街近在咫尺的这条小巷,是如此僻陋不堪,与大街仿若两个世界。在小巷末端母亲住的盖于上个世纪八十年代末的宿舍楼,如今是如此破败肮脏,就像翠绿的叶片上一点得了虫病的小黑斑。

江芊的身影一出现在这个住宅区,就不断有人拿眼光往江芊的身上乱扫。人到中年的江芊,依然是个体态丰盈容貌姣好的女子,和年轻时的母亲像一个模子里倒出来的。那些乱晃的眼光,多半是属于租住在这个小区的外来务工人员。这些外来租房的人流动率极高,所以,往江芊身上瞄来瞄去的眼睛,总不是来自同一颗脑袋。这个小区原先的居民,基本早已搬迁,住到坐落于花木掩映的带电梯的现代化小区的公寓里。少数像母亲这样还住着的,多半是些恋旧的老人,无法从城中心的便利中剥离开来,或将就于孙辈在附近就学。江芊的母亲属于兼有两者的极少数。

江芊为了顺利跨过一滩污水——大约是哪家的下水道又出问题了,江芊一手拎包,一手捉住飘荡的裙裾。这条路,母亲走了二十几年,从花样盛年,走进苍茫暮年。二十几年来,是这个小区的逐日破败，导致母亲对家里的脏乱差熟视无睹；还是母亲自己家里的脏乱差，使她对这个小区的不堪丧失感觉？江芊每次走进这个小区，走进母亲的家里，总感到两者有着互为因果的关系并彼此推波助澜。因此，江芊在父亲开始呈现明显的老年痴呆症状的时候，力劝母亲离开这里，住到自己家中，雇个保姆，既为上学的女儿心心做后盾，也分担照料父亲的责任。母亲却留恋住了多年的老房，坚决反对。女儿上中学后，学校在母亲家附近，为女儿便利，为方便探望父亲母亲，也省却自己下班后做饭的劳顿，江芊反过来，与薛飞、女儿下班放学后到母亲那去吃晚饭，然后一家子再回自己的家。

　　江芊想，幸亏母亲不来。要不，阳台的事，还能这样拖着吗？真是后怕啊！

　　只顾忌足下污水，不提防，江芊差点撞上一个正一头往外赶的男人。这男人衣着粗陋，却从薄薄的眼皮底下投出一瞥锐利而猥亵的光，狐疑又贪婪地往江芊圆润的胸和臀上打探。江芊猛然抬头，触及那光，心中不禁哆嗦了一下，那目光，就像一只欲向自己敏感部位伸来的脏手。江芊想起妹妹从这栋楼里嫁出去时的情景，那时，这栋楼好像还蛮体面的，没有如今这么多陌生的面孔和可疑可憎的目光，没有如今这般陈旧杂乱。这栋楼与母亲，仿佛是并行的两条轨道，他们以极为相似的方式，并列延伸向相同的终点。

爬上楼,歇在母亲家门口,一指摁响门铃,母亲循声过来开门。在过道逼仄的空间里,母亲身上馊酸的体味更重了,江芊不得不屏住呼吸。而进到客厅,这里的脏与乱,就要靠视而不见,闻而不觉了。江芊曾经自己掏钱,找好钟点工,打算每周来帮母亲清扫一次。好容易做通了母亲的工作,挑了个自己和女儿不来吃饭的周日来做。做完卫生的那个周日的晚上,江芊和姐姐江葭特地赶过来看钟点工做活的效果。

一进门,走在前头的姐姐江葭,一眼就惊喜地瞥见焕然一新的沙发。那是一年前江芊搬新家时退给母亲的,那九成新的乳白色真皮沙发一进母亲家,便鹤立鸡群,成为母亲家里最豪华的家具。可是,后来,母亲在沙发上堆衣物、搽脚布、置药瓶,瓶瓶罐罐,杂杂乱乱,沙发迅速污浊,像富家太太,突然家道中落,流落街头,蓬头垢面。此刻,这张沙发几乎又恢复到过去雪白丰腴的模样,静待姐妹俩欢愉就坐。江葭啧啧赞叹,眼露喜悦之光,快步迎向沙发。江芊走在江葭身后,眼角的余光,敏锐地捕捉到了暗处一闪贼亮的光,她发现这光源在厨房,因此折身转入厨房探看。天啊!母亲的抽油烟机和煤气灶,原来也是亮晃晃的,原来也和别人家里的一样,会闪耀金属钲亮的白光!江芊正要夸赞出口,忽听母亲在客厅里一叠声地数落姐姐:"磨了一整天,到处弄得湿漉漉的,要滑倒那死人——真会死人的,你们怎么办?一连三个小时,净捣腾厨房,叫我们连午饭都没法做。沙发上的东西，也不知给撮弄到哪里去了，全乱了套！就这一天，就被赚了三百块，你们怕钱多烧手吗？！"母亲语无伦次，颠来倒去，断断续续地把江葭和江芊怒责了半个多小时，最后连哭带骂道："你们嫌脏，别来！不要不顾我们的死活！"就这样，母亲再也不准钟点工上门。母亲的家，一星期后，恢复从前的杂乱与污浊。

不过，和阳台的事比起来，这些，就算不上大事了。

江芊才进门，刚落坐，母亲已从冷水壶里，给她倒来了一杯自制的酸梅汤。江芊一气灌下，凉润适口，通体舒泰。只有在母亲身边，才能心安理得地这样享受一下。因此，即便是现在，与母亲之间的关系已千疮百孔，江芊依然能刻骨地感到母亲的好。

接着，母亲又为江芊续上一杯加了冰块的。加了冰块的酸梅汤，是母亲制作的酸梅汤中的极品。但母亲只有在上第二杯时才会给江芊加冰，怕她刚进门热赤赤的，伤了肠胃。尽管江芊早已为人母，早已到中年，母亲对她，却依然如小时对她那般，心细如丝。从小到大，江芊最喜欢的饮料，一直是母亲亲手做的酸梅汤。母亲为自己做酸梅汤，已有三十几个年头了。母亲老了，什么都变了，唯独她做的酸梅汤，依然保持着几十年前的酸甜润泽适口，而且风味益发醇厚芳香。江芊想，母亲做的酸梅汤没有销售出去，要不，一定会倾倒无数的人。要是申请专利，批量生产，没准会在这个城市，把其他饮料全面逼退。江芊想着，水水的眼波，流出微凹的眼窝，漫过白色瓷杯光滑的杯沿，流落到站在面

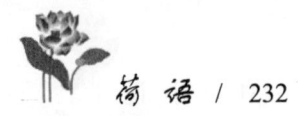

前的母亲的腿脚上。母亲那裸露在松垮空洞的八分裤下的腿脚，枯白干瘦，如两截硬而脆的木棍。母亲这十几年来，就这样照料着父亲——一个她也许并不爱的人的吃喝拉撒，直至把自己耗干！江芊看着，心酸与苍凉，在心的深处洇开，久久无法褪去。

"爸。"江芊转眼瞥见父亲坐在堆满杂物的沙发上，如同坐在一堆垃圾中间一般，睁着木木的眼睛，无动于衷地看着电视。江芊知道他现在是盲看，也不认识自己了，却还是习惯地朝他喊了一声。父亲比母亲大十二岁，年轻时就暮气沉沉，和比真实年龄总显得年轻且俊俏的母亲站在一起，就如母亲的父亲。不过，父亲虽然没有母亲年轻貌美，但是是市第一医院的名医，救治过病患无数。只可惜，退休两年后自己成了病人，成了母亲永远的病号，也间接使母亲成了健康的病患。

母亲一听见江芊叫她爸，就像关不住洪水的闸门那样，汹涌地说开了。母亲诉说父亲今天如何把大便拉在裤子里，等到她闻到冲天的臭味时，已来不及了。为了快速脱下父亲的裤子，情急之中，把父亲的皮带扯断了，最后，费了九牛二虎之力，才把父亲的裤子脱下来，帮他清理完大便后，又帮他洗净身子。母亲极其详尽地叙述了整个过程，描述清洗父亲下身的每个部位和每一个细节，就像当年父亲带实习生解剖人体结构那般。最后，半赌气半怨恨地说："你们都上班，不想打扰你们。这种事，只有自己干了！"母亲面上的自怨自艾，藏着内心对女儿们尖刻的谴责。

母亲说着说着，末了，猛然悲愤地别过头去，把哀怨的目光瞟向虚空处，以鼻头后部短促而有力的一吭，作为了结。

江芊和姐姐妹妹多次跟母亲说，她们姐妹出钱雇个人来帮忙。每次没等她们把话说完，母亲就一口回绝且愤恨地责备："别以为雇的人能真心干活，要的，都是钱！"所以，再听到母亲抱怨，只好默然地听，毫无办法地听，心境坏到极点地听。好在，母亲每次也只是发发怨气，过了，该干啥，支着日渐衰弱的身体，还干啥去。

在父亲病后，母亲笃信佛教，吃半斋，逢上旧历的三、六、九全天茹素。所以，江芊和女儿心心吃晚饭时，她常不吃，她抓紧父亲呆坐着仿佛在看电视的那当儿，一边看着江芊和心心吃饭，一边把父亲一天的吃喝拉撒，无论巨细地详尽讲述。直到她们吃完饭，收拾了桌子，才涮锅做自己的素食。有一次，薛飞、江芊和心心都到母亲这来吃晚饭，母亲反反复复地叙述那几天正拉肚子的父亲，如何七八次地把大便拉在裤子上。江芊听着听着，憋不住，去了趟卫生间，把刚吃下的东西全吐在马桶里。

虽然这样，江芊却不敢阻挡母亲的诉说。有一次，江芊因为单位的事正烦，就对正絮絮叨叨个没完的母亲说："那些无聊的事，不可以少说吗？"江芊因为心烦，说得焦躁了一点，立即招来母亲的怒斥："我不跟你们说，我和谁说去，找那木头吗？"母亲食指戳着木木地坐在一边的父亲的脑袋，控诉着。母亲诉说着诉说着，双唇嘴角海浪一般堆积起白色的泡沫，继而眼泪鼻涕粘粘糊糊地下来。江芊看着流泪的母亲，白发零乱，双颊塌陷，颧骨突兀，露在颏挂下来的空荡的八分裤外的腿脚枯瘦如柴，十分悲凉。从此以后，无论母亲说什么，江芊再不敢多嘴阻拦。

那次吃饭，薛飞皱着脸，苦着眉，不发一言。打那以后，薛飞坚决拒绝到母亲家里吃晚饭。没有应酬的晚上，就在自家小区门外将就着喝碗稀饭，然后甩手上楼回去。从此极少再到母亲这里来了。

薛飞是女婿，不来，江芊找了个托词，母亲倒不甚在意。做女儿的江芊就无法不来了，姐姐和妹妹住得远，父亲母亲这般境况，还有在母亲家附近读书的女儿，都是江芊的重任。

好在母亲每次怒骂完之后，母亲还是母亲，女儿还是女儿。血脉相承的东西，岂是一句话，一件事能轻易斩断的？

只要母亲不提阳台的事，这些，就都不是不可忍受的事了。

江芊擎着一只空杯，一仰头，一眼瞥见墙上照片里的母亲。三十年前，母亲是个有点西洋化的美女，白皙的肤色，微凹的眼窝，风情的眼眸，高挺的鼻子，秀发天然卷曲，松软的鬓脚和刘海，迎着太阳看，是淡棕色的。有时候，看着这相片，江芊几乎无法说服自己，那就是面前的母亲。

母亲生长在北方，后来才随父亲来到南方（用母亲的话，是上当嫁人，被骗南下），儿化音纯熟的北方普通话，再加上异域般的美丽，使她很快被选中到厂里当广播员，一直干到五十岁退休。这期间,非但厂里一茬茬大学毕业的俊男靓女,无人能替去她广播员的位子,还意外生下妹妹江蔚。

妹妹江蔚,比江芊小十岁,同二姐江芊、大姐江葭,一点都不像。江葭与江芊,长得酷似母亲,也是一对西洋味的美女。妹妹江蔚,亮亮的大眼,阔阔的嘴,小虎牙,全在微黑的脸庞上生动着,既不像母亲,更不像父亲。妹妹江蔚生下来后,常有人在母亲身后叽叽咕咕,江芊由此隐隐约约地提早知道了些风月的事。但是,这些并未削弱她对母亲的深爱,她还是深爱那个曼妙轻巧、普通话说得无人能及的母亲。

上小学的时候,一天下午因为肚子痛,江芊未随全班同学去看包场电影,而转去厂里广播室找母亲。推开虚掩着的门一头莽撞进去时,江芊惊讶地看到那个大家背后议论中的副厂长正在帮妈妈从脖子上取下那条18K的金链子。江芊瞅见惊讶地转过头来的母亲,微凹的眼窝里,水草般的睫毛异样地抖动,神情怪怪的。副厂长微黑的脸庞,亮亮的大眼,都显出惊慌失措的神色。不过,片刻的慌乱异常后,两人很快都镇定下来,和颜悦色地来招呼江芊,问她为何突然过来。站在两人面前,江芊隐隐约约闻到异样的气味,朦朦胧胧地印证了人们议论中的某些东西,却从此更加依恋母亲,这个身上永远逸着香气的母亲。江芊生怕母亲会在她一觉醒来,雾一般地淡出她的生活。

母亲退休后,和昔日的老同事一道上了半年老年大学,就辍学了。随着父亲生活日渐不能自理,母亲,那个曾总是说自己的爱好是逛街的母亲，逐渐足不出户了。那个鲜润的、明媚的、身上洋溢着浪漫因子的母亲，开动机器般的絮叨，几乎同时流逝了一切美好，只剩得灰白的头发、塌陷的双颊、枯干的身躯。

终于吃完饭，终于可以逃一般地回自己的家。

幸好母亲没有提起阳台的事，今天又逃过一劫。江芊侥幸想。

明后天是周末，不用来这里吃晚饭。阳台的事，下星期再想办法了！

女儿驼着沉重的书包，走在前头，江芊拎了自己轻巧别致的包，随后。心心先开门出去，江芊刚走到门边，忽听母亲在背后急吼吼地叫："江芊，等等！"江芊的心急遽上提的当儿，母亲已奋力追过来，布满老年斑的枯瘦僵硬的手，鸡爪子一般，攫住江芊的提包带子，怒视着江芊问道："阳台封了没有？"

江芊那天跟姐姐聊天，无意中说到薛飞这两年炒股，亏了五十几万。母亲挨到星期天，招来江蔚照看父亲，带江葭请了风水先生，过自己家里来。风水先生在家里四处狐疑地转悠了一圈，最后，走到阳台，瞥了一眼风光旖旎的贫笃湖，马上神色一转，诡异地凑近母亲耳边，神秘莫测地跟母亲耳语了一阵。母亲听后，颜色骤变。

风水先生走后，母亲立马下令江芊，用砖头封死阳台，不得耽搁，不得有误！

那天晚上，薛飞一回来，江芊就告诉了薛飞风水先生来过，以及母亲的吩咐。薛飞听后,不可置信地大睁双眼,眼中极端惊讶的光,慢慢转变成极端厌恶之光,极简短地说:"你妈疯了。"

当江芊拗不过母亲,再次惴惴不安地跟薛飞提起母亲让他们封阳台的事,小心翼翼地跟薛飞说:"我再跟妈商量一下,改成用玻璃窗封起来,看可不可以?"薛飞未听完,那张英俊的脸骤然变得铁青,目射两道寒光,仿佛要用那两道寒光把江芊钉在十字架上,一字一顿地说:"跟你妈说,把阳台封死后,咱俩就各走各的,你看着办!"薛飞说完,转身出门,一夜不归。

江芊潮红着眼睛,触目惊心地瞪着母亲那只死钳住自己提包带子的筋络如蚯蚓般缠绕爬行的手,痛心疾首地想,母亲怎么如此可怕!想起薛飞的最后通牒,江芊的眼泪顿时汹涌而至。江芊奋力从母亲手中挣出提包带子。惯性骤停,母亲打了一个趔趄,跟跄歪斜,几乎跌在地上。姐姐江葭正好推门进来,见状,哀叫一声,和心心扑过去,扶住母亲。江葭回头瞥了一眼江芊淹没在泪水中的惨白的脸庞,忙示意心心拉妈妈快走,一面把母亲连拉带抱到沙发上。

江芊一路流着泪,开着车。刚进小区,停车下来,举头无望地望了一眼天空,只见明月当空,皎洁得有些诡异。江芊蓦然一惊,心头掠过一阵不祥。恰在此时,包内手机骤响。江芊心中一颤,脑中闪过一念——母亲!江芊抖着手,拿起手机,一按接听键,立即传来姐姐急促的声音,她极力克制鼻音:"小芊,你快来,妈血压,血压升得很高,我已叫了120,正送第一医院……"

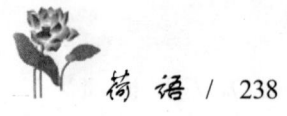

姐姐一向遇事沉着,这般声气,一定是母亲情况严重。

江芊让心心快快上楼,自己慌忙返身开车往第一医院。江芊赶到第一医院时,母亲已进了ICU。江葭站在ICU外面,江蔚趴在江葭肩头,无声地哭着。

一直到凌晨,母亲才稳定下来。江蔚说,她请公休,她来照顾母亲,叫江芊:"二姐,你先回家,心心还等你做早饭。"想到薛飞出差在外,心心正上高三,已到最后冲刺阶段,江芊只得先回家。

江芊无力地回到家,愁苦万端地走到阳台,望外远眺,天已微明,再上床睡觉,怕误了给心心做早饭。江芊坐到阳台上的一把藤编靠背椅上,立即瘫成一滩泥。不知过了多久,迷糊中,裙下裸露的双腿感到一阵沁肤的凉。这般凉意,使江芊蓦然醒来。江芊撑开涩重迷蒙的双眼,摸出手机,点亮屏幕,瞄了一眼时间,未到五点,还早。江芊哀痛的眼眸瞟向远处,远方天光熹微,湖水浩渺,草木萋萋,湖水草木之间,游走着淡淡的晨雾,仙境一般。江芊哀苦地想起为这一阳台的美景,薛飞所费的周折和多付出的几十万元,不禁心中颤栗起来。这时,一只白鹭,蓦地,云朵一般,从岸边悠然浮出,轻划翅膀,向着湖心舒缓优美地滑翔而去。

一个人,张开双臂,迎着晨风,也可以这般轻盈地起舞吗?江芊倾身探头,从二十八楼的阳台朝外望去,她忽然灵魂出窍地想,从这里,白鹭那般,轻灵地飞向远方,离了阳台,离了母亲,离了薛飞,不就可以一了百了?

又一阵凌晨的凉风袭来,把江芊的衣裙,吹得簌簌上翻。江芊觉得自己已然轻若浮云,飘忽着正要越过阳台,向着湖心飞去。再见,阳台!这时,江芊听到自己心里有个声音,轻柔地对阳台说。

忽然,靠近阳台的房间里,传来心心的呓语,江芊吓出一身冷汗。

(原发表于《集美风》2012年第2期)

蔡伟璇印象记

一身裁剪十分妥帖的套装，脸上始终是周全的微笑。讲话慢条斯理，轻声细语，一字一字往外蹦，却稳稳当当、精准地滑进你的耳道。讲完几句后，她会发出一声悠长的"嗯"，绵软、婉转，然后用充满期待的眼神望着你。这个时候，我总是缩回晃荡在椅子边的一条腿，整理平素的一脸懒散，正正神回看着她，要不——怕辜负了她的这份认真。

这就是伟璇，每当她款款而来时，我都感觉时间好像停止了。我是个急性子的人，伟璇却总是安之若素，仿佛奔腾的泉水跌入安静的山涧，缓缓回旋着。

伟璇原是写散文的，她的散文立足于厦门乃至整个闽南地区的风物变迁，一草一木、一景一物、一人一事皆被收入笔下。她常以"第一人称"展开叙述，倾注自身内在的许多情感和自身经历，因此她的散文没有大而空的抒情，更多的是作者对生活至纯至善至美的原生态呈现。

不过，那会儿我还不认识她。真正使我们结缘的是她在《厦门文学》发的第一篇小说《我爱小蝶》。后来她就集中力量往小说高地进军，写作的速度不是很快，但稳扎稳打，两三个月端出一篇，仍然是那样不慌不忙、不急不躁。

　　收在这本文集的有小说、有散文，不过我更关注于小说。《股王的一天》发于《厦门文学》2012年7月号。股王，是这些年脍炙人口的传奇形象，这个腰缠万贯在股市风生水起的成功人士，精神却始终走在崩溃的边缘，事业的成功、物质的丰厚并没有和情感或幸福指数成正比，反而带来了更多的茫然、孤独与厌倦，这是我们这个时代所谓成功人士无法回避的精神空白，这种境况表面上是来自于自身，实际上是来自于现代社会各种价值观念的合力挤压。《阳台》里的主角是江芊，但在这个光鲜亮丽的中年女性后面，还站着一个曾经和她一样嫣然百媚但现在却被老伴的病体拖累得枯败干瘦的母亲。母女俩有对立和敌视，也有深入骨髓的爱和疼惜。小说以江芊为视角，通过微妙的心理描写，写出一个中年女性在母亲和自己家庭的左右为难，但事实上，透过江芊我们还看到母亲挣扎、不甘、无奈的黯淡人生。《后来》这篇小说无论是从创作技巧、小说立意和叙述方式上都可以视为伟璇这些年创作比较有突破的一篇。漂亮但家境平凡的姑娘一斓，为了追求幸福甘心在富裕男友的家里当"黄脸婆"，可这段感情终因男友太过花心而宣告失败。出人意料的是，当男友及家人遇到困难时，弱势的一斓却倾其所有帮助前恋人及其家人。其实一斓真正需要的只是一个稳定的柴米生活而已，与金钱无关，而她的有情

有义却像一缕清风穿越庸俗和丑恶的世俗,吹拂着我们日益麻木的心。

  伟璇的小说延续着散文的韵致,舒缓有致、娓娓道来。她的笔调少有犀利、凌厉之势,更多的是暗暗涌动的脉脉温情。她笔下的人物多种多样,既有社会底层民众,也有商界精英、大学教授,代表着社会的各个阶层。她的小说故事背景也都不大,似乎是从纷扰红尘中信手拈来的凡人琐事,我们很快就能混杂在她的小说里,在某一个人物或某一个事件中寻找到熟悉的身影,也就是说她的小说都取材于现实的生活,因此显得好看、可读,容易引起读者的共鸣。而就是在这种中规中矩看似波澜不惊的日常生活中,她冷眼旁观,用敏感而细致的触角去感受生活的点点滴滴,去翻动隐藏在生活缝隙间难以察觉的细腻入微之处,用精准的语言表现她对人生的思考。事实上,小说中的每个人物,他们的命运都是随着时代的波浪不由自主地跌宕起伏,他们内心的酸甜苦辣实则反映着外在世界的万千变化。作家所要表达的不仅仅是一个个悲欢离合的人生故事,更是要借此洞察人的内心,乃至于透彻这个宽阔驳杂的社会。

  在读伟璇这本文集的初稿时,欣闻她调任翔安区文化馆从事文学编辑创作工作。对于一个搞文学的人来说,有一个鼓励创作的工作环境,有多年的生活积累,有气定神闲的心态,再加上时时涌动的创作热情,

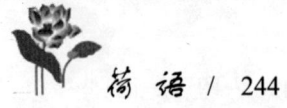

相信伟璇会源源不断奉献精美的作品。

朱鹭琦

(作者为厦门文学院联络部主任,《厦门文学》杂志社编辑)

图书在版编目(CIP)数据

翔安本土作家文学作品选.荷语/蔡伟璇著.—厦门:厦门大学出版社,2012.10
(香山文化丛书)
ISBN 978-7-5615-4383-2

I.①翔… Ⅱ.①蔡… Ⅲ.①中国文学-当代文学-作品综合集
Ⅳ.①I217.1

中国版本图书馆 CIP 数据核字(2012)第 204675 号

厦门大学出版社出版发行
(地址:厦门市软件园二期望海路 39 号　邮编:361008)
http://www.xmupress.com
xmup @ xmupress.com
厦门集大印刷厂印刷
2012 年 10 月第 1 版　2012 年 10 月第 1 次印刷
开本:889×1194　1/32　印张:7.875　插页:2
字数:150 千字
总定价:120.00 元(全四册)
本书如有印装质量问题请直接寄承印厂调换